公爵家に生まれて初日に跡継ぎ失格の烙印を押されましたが今日も元気に生きてます！ 1

小択出新都

Otaku de Neet

Regina

RB

レジーナ文庫

登場人物紹介

リンクス

跡継ぎ候補の一人。
態度はぶっきらぼうだけど、
エトワのことをいつも気にかけている。

ソフィア

跡継ぎ候補の一人。
優しい性格をした、とてもかわいい
女の子。エトワのことが大好き。

エトワ

公爵家の令嬢。魔力がほぼゼロなので
跡継ぎ失格の烙印を押されてしまった。
転生前はごく普通の日本人で
超マイペースな性格。『糸目』を
意味するエトワと呼ばれている。

天輝《てんき》

金の鳥を象《かたど》った剣。
エトワの能力の大半が
封じられている。渋い男性の声で
鋭いツッコミを入れてくれる、
エトワの頼もしき相棒。

ミント
跡継ぎ候補の一人。無表情で
何を考えているかわからない。
エトワには意外と従順。
クリュート
跡継ぎ候補の一人。
キザな腹黒少年で、実は
ちょっとヘタレなところもあり。
スリゼル
跡継ぎ候補の一人。
子供たちの中で一番大人っぽく、
エトワにも親切に接しているが……？
ルイシェン＆パイシェン
侯爵家の兄妹。貴族の子供たちが集まる
『桜貴会《おうきかい》』というサロンを仕切っている。
落ちこぼれのエトワをよく思っていない。

目次

公爵家に生まれて初日に跡継ぎ失格の烙印《らくいん》を押されましたが今日も元気に生きてます！１

第一章　異世界というやつに転生しました。

普通の日本人だった私が異世界に転生して最初に見たのは、周りのがっかりした表情だった。

清潔そうな白い布に覆《おお》われた部屋。

そこには貴族風の格好の美青年さん、執事風の格好のお爺《じい》さん、それから白衣のお医者さんに、たくさんの看護師さんと助産師らしきお婆《ばあ》さん。みんなが生まれたばかりの私を取り囲んでいる。

その全員が一様に落ち込んだ表情をしていた。

なんだこれ。

あまりに暗い雰囲気に、赤ちゃんが生まれためでたい日だってのにむしろ葬式だよ、と思わず心の中で突っ込んだ。あとから考えると、この日は彼らにとって、おめでたい日がいきなり葬式に変わったようなものだったんだろうけど。

助産師のお婆《ばあ》さんが呻《うめ》くように言う。

「まさか魔力をほとんどもたずに生まれてきただけではなく、目すら見えない赤子とは……」

え？　見えてるけど⁉　超見えてますけど‼

私はしゃべれないので、再び心の中で突っ込む。

現にこうして周囲の状況を、きっちり認識できているぐらいだ。

そう思ったとき、私はようやく違和感に気づく。

あれ？　そもそも赤ちゃんがこんなに周囲をはっきりと見ることなんてできるっけ。

目を開けるのすら、数日経たないとできなかったような……

執事の服を着た白髪《しらが》のお爺《じい》さんが、医者らしき男性にたずねる。

「間違いないのか？」

「はい……あらゆる魔法で検査しましたが、魔力は一般人の百分の一レベル。さらに目に先天性の異常があり、成長しても目が見えるようになることはないでしょう」

「まさか、魔法使いの名家として名高いシルフィール公爵家の第一子が魔力をほとんどもたずに生まれてくるとは……」

つまりはそういうことらしい。

私の生まれてきた家は魔法使いの名家で、それなのに私は魔力をほとんどもたずに生まれてきたと。そりゃ、こんな雰囲気にもなりますよね、と同情する。

私を抱きかかえる助産師の後ろから、啜《すす》り泣く声が聞こえてきた。

「こんなはず、こんなはずないわ……」

「奥さま……」

そこにはきれいな女性が、ベッドに横たわっていた。

薄着の袖《そで》から覗《のぞ》く腕は真っ白で細く、迂闊《うかつ》に触れたら折れてしまいそうだ。容姿はどこか儚《はかな》げで美しく、だけど目には気の強さを感じさせる光があった。今は悲嘆《ひたん》にくれているけど。

どうやら、この女性が私の母みたいだ。

そんな女性のもとに貴族風の美青年が駆け寄り、その手を握って、情熱的な声音《こわね》で話しかけた。

「ダリア、お前が気に病《や》むことはない！　お前はよくがんばってくれた！　ただ……今回は……運が悪かったのだ……」

「あなた……」

たぶん、この男性が私の父なのだろう。この場で一番、偉いっぽいし。

生まれてきたことを不運認定されたけど……

でも、魔力の無い私を産んだことで女性が責められる空気にならなくて少し安心する。

「そうです。奥さまのせいではありません」

「そうです！　不運だっただけです！」

部屋にいる他の人たちも励ましの言葉をかけた。

（はいはーい、不運の塊《かたまり》ですよー）

赤ちゃんだから何もリアクションができないし、心の中だけで手を挙げておく。

しかし、このお葬式みたいな状況、どうしたらいいだろう。残念ながら、私に収拾をつけることは無理そうだった。

そんな中、執事風のお爺《じい》さんが、私の父らしき人に囁《ささや》く。

「ご決断は早くされたほうがいいと思います……。当主として正しきご決断を……」

「ああ……」

なになに。

なんのお話ですか？

嫌な予感がして、二人の会話に意識がいく。

父は目を瞑《つぶ》って眉間《みけん》に皺《しわ》を作り、必死に何かを考えている。そんなに悩みすぎたら健康に悪いよ、と心配になるほどだった。

それから目を開き、苦渋《くじゅう》の表情で私を指して告げた。

「この子は公爵家の娘にはふさわしくない存在だ。よって当主として廃嫡《はいちゃく》を宣言する」

それから執事に向かって言う。

「処分してくれ」

ほぁ〜、なるほどなー。

って処分⁉

ちょっと、処分ってなに⁉

廃嫡《はいちゃく》あたりまでは当然かなぁと思って聞いていた私だけど、処分という物騒な言葉が出てきてぎょっとする。

あれですか？　もしかして文字通りの処分ですか？

憧《あこが》れのファンタジーな世界に転生したのに、三十分も経たずに終わり？

ま、まじかぁ……これ……まじかぁ……

せっかくの異世界転生。

ちょっといいことも期待してたのに。私ツエーとか、モテモテで困っちゃうとか、平穏に生きたいとか言いながら強敵に殴りかかるとか。

期待とのあまりの落差に呆然となる。

こんなのってないよー。絶対おかしいよ。

人生の不条理を知りました。

二回目にしてようやく思い知りました。

当主の命令を受けた執事が侍女を呼び、指示を出し始めて、部屋はどたばたし出す。

そんな中、私の母親らしき女性は侍女たちに支えられて部屋を出ていった。

そして十分後。

「では……いきます……」

医者の手には先端が真っ赤に熱《ねっ》せられた鉄の棒がありました。その先端部分は丸く平《たい》らになっていて、何か模様が刻まれている。あっつあつで、いい感じにお肉が焼けそうです。

（ええぇ……、わざわざそんな苦しそうなやり方してくれなくても……）

あんまりにもあんまりな方法に、私もさすがにへこんでくる。

もっと別な方法なかったの？

もうちょっと楽に逝《い》けるような……ねっ……ねっ……？

そんなことを思っていても、無情にもその鉄の棒は私の顔に近づいてくる。

あぁ……まじか、これは……死ぬぅ……、死ぬのかぁ……

どうも私の異世界生活は、ここで終わりらしい。

まだ……何もしてないのに……

知識チートで無双したり、料理作ってさすがと言われたり、いろいろやってみたかったなぁ……

まあ勉強も料理も苦手だから、普通に無理なんだけど……

そんなことを考えている私の額《ひたい》に、鉄の棒が容赦なく押しつけられた。

人生はノンストップ。

ぎゃあああああああああああ！

いったぁあああ！　あっつぅういいいいいいいいい！

じゅわー。くるくる。

じんせいおわた。

＊＊＊

なーんてことがあったけど、今も元気に生きてます！

もう三歳ぐらいになります。ようやく歩けるようになってきました。

私の額《ひたい》には、あれ以来、変な文字と模様が刻まれてます。異世界の文字で『失格』と書かれているそうです。ちなみに魔法によって刻まれてるから、一生消えないらしいです。

この烙印《らくいん》がある限り、シルフィール公爵家の跡継ぎには絶対になれないんだとか。才能のない子が血筋に頼って後継者争いを起こさないために、こうやって処分すると聞いた。

とはいっても、よっぽどのことがない限り、こんなことしないらしい。私はそのよっぽどな例に当てはまってしまったというわけ。

これが『処分』なのだそうだ。

もう、なんだ〜。びっくりさせないでよ〜。

てっきり殺されるのかと思ったよ。

正直、赤ちゃんに焼き印もかなりエキセントリックだけど、文字通り処分されるよりはマシだよね。ということで、私の中では異世界の文化ってすごいねって感想と、生きててよかったって気持ちで落ち着いている。

大切だよね、命。

さらに跡継ぎ失格ということで冷遇されてるかといえばそうではない。

いや、たぶん跡継ぎとして育てられる場合よりは、待遇は悪いんだろうけど、そこは大金持ちの公爵家ということで、三食きちんと美味《おい》しいごはんを食べさせてもらい、使用人に面倒を見てもらい、何不自由ない生活を送っている。

どうやら、十五歳になるまではこのまま面倒を見てもらえるらしい。十五歳を過ぎたら家を出ないといけないけど、それまではこの国の学校にも通わせてもらえるそうだ。だから十五歳までには自力で生活する術《すべ》を身につけなければならないけど、しばらくは悠々自適《ゆうゆうじてき》な生活が送れるのだ。

ということで私の異世界生活は、今のところぜんぜん問題ナッシングである。

家族関係のほうはどうかというと、当然かもしれないけどかなり希薄《きはく》だ。

お父さま――名前はクロスウェルさまというんだけど――は一ヶ月に一度部屋に会いに来るぐらい。

大貴族の当主と跡継ぎ失格の子供だと、こんなもんよねという感じである。むしろ定期的に会いに来ることに、微《かす》かな愛情を感じてしまっている。

お母さまのほうは心労がたたり、体調を崩して、遠方で静養中だ。

私たちが暮らす国ウィルゼルドには、最強の魔法使いたちと呼ばれる四大公爵家が存在する。その中でも『王家の盾』と別名で呼ばれるシルフィール公爵家に嫁《とつ》いできて数年、やっと生まれた待望の子供が魔力ほぼゼロの私《わたし》である。

申し訳なくなってきましたね……。すみません……

ということで、弱ってるお母さまに、魔力ゼロの子供は劇物すぎるので、あれ以来まったく会ってません。それでいいと思います。早く元気になってください。

ちなみに個人的な話になってしまうけど、どうも成長が遅い気がする。

子供って二歳になれば立って歩けることが多いらしいけれど、私の場合、三歳になってやっとできるようになった。

しかもまだ、うまく歩けない。足ががくがくする。

他の子に比べると、成長がかなり遅いんじゃないだろうか……

あ、そういえば目が見えないって言われてたけど、本当に見えませんでした。

そもそもこの歳になっても、目が開かないという……

じゃあ、あのときも今もどうやって周囲を見回していたかというと、心眼〈マンティア〉というスキルらしい。

微小な魔力を周囲に放って、その力で景色を認識する能力なんだとか。かなりレアなスキルらしく、魔法の検査でも気づかれなかったけど、レアだからといって別にすごい能力ってわけでもない。

だから周囲の評価も相変わらずだ。

ちなみに私の一般人の百分の一程度の魔力は全部それに使われてるらしい。

目が開かないせいで、周囲からは糸目《エトワ》と呼ばれるようになり、それがいつの間にか名前にもなってしまった。この世界では生まれてすぐに名前をつけたりはしないようだ。

近況報告としてはこれぐらいだろうか。

そういえば転生したときに、神さまに会って何か力をもらった気がするんだよね。

でも、なぜだろう。それについてぜんぜん思い出せない。

思い出そうとすると、頭がズキズキする。

これは何かこの世界に関わる重大な秘密が隠されてるのでは!?

……無いな。

まあ、話が逸《そ》れたけど、力は無くとも、それなりに異世界で楽しく暮らしてますってことで！

第二章　跡継ぎ候補の子供たち

あれからまた一年経って、四歳になりました。

あっ、私にも個室が与えられて、そこで暮らしています。

広さは１ＤＫぐらい！　超ひろい！

その部屋で運ばれてきた美味《おい》しいごはんを食べて、床でごろごろしていたら、侍女さんが部屋にやってきた。

「エトワさま、クロスウェルさまがお呼びです」

その言葉に珍しいなと思う。

私がお父さまに呼び出されることはめったにない。月イチで会うときに、一緒に食事を取らされるだけだ。

なので呼び出される理由に、まったく想像がつかない。

侍女さんに手を引かれ、お父さまがいる部屋まで廊下をぬるっと歩く。

シルフィール公爵家の本邸は、お城みたいな大きさで、こうして父親に会いに行くにもかなりの距離を歩かなければならない。

まあ、これが嫡子《ちゃくし》だったら、近場の部屋が与えられたのだろうけど。

「ここでございます」

侍女さんに案内されたのは、私の部屋の扉よりかなり大きな扉の前。

扉を開けてもらって中に入ると、そこには見たことのない五人の子供たちがいた。

私と同じ年ごろの男の子四人に、女の子一人。

それぞれ容姿や雰囲気は違うけれど、地球生まれだったら全員キッズモデルをやって
そうなほど美形である。

見るからに利発で、おまけに育ちの良さそうな雰囲気がある。

子供たち五人はソファーに座り､その反対側に父が､そして後ろには執事が控えている。

私がぼけーっと突っ立っていると。

「来たか、糸目《エトワ》。そこに座っていなさい」

父に言われ、ちょっと離れたところに置いてあった椅子に座る。

五人の子供たちは行儀よく、びしっとした姿勢でソファーに座っていた。なんかもう
私とは育ちが違う感じだ。

この子たちいったい誰だろう。

当然、私の頭にはそんな疑問が浮かぶ。

「シルウェストレ五侯《ごこう》の子息である君たちに今日集まってもらったのは、以前話した通りの事情だ」

シルウェストレ五侯《ごこう》と聞いて、私はああっと思い出す。

このシルフィール公爵家は国内最高位の貴族だけあって、たくさんの分家をもつ。

その中でも家格が高く有力で、本家とかなり近い扱いなのが、シルウェストレ五侯《ごこう》と呼ばれる五つの侯爵家である。

代々、本家の当主とその跡継ぎを守る護衛役という役目を引き継ぎ、最悪の事態には養子としてシルフィール家の跡継ぎになったりすることもあるらしい。定期的に婚姻《こんいん》が交わされていて、血縁も非常に近くなっている。

「この家には後継者がいない。ダリアはもう子供を産む自信がないそうだ……。そこで君たちには、この家の跡継ぎ候補になってほしいと思っている」

あ、最悪の事態って私ですよね。

どうやら私が生まれたことが、お母さまのメンタルをぶち折ってしまったらしい。国でも最強といわれる魔法使いの一人であるお父さまとの間に、魔力ほぼゼロの子供が生まれてきたのである。自分に問題がないと思わないわけがない。さもありなん。

『由緒正しい公爵家に跡継ぎがいない問題』発生である。

そこでお父さまはシルウェストレの子供たちを呼んで、跡継ぎ候補にすることにしたらしい。

ああ、申し訳ない……

「君たちの能力を調べさせてもらった。素晴らしい魔力と魔法の才能だ。誰もが公爵家の当主としてふさわしい素養をもっている。できることなら君たちのうちの誰かに、このシルフィール家の跡継ぎになってほしい」

「我が家にとって大変名誉な話。感謝の言葉しかありません」

「シルフィール公爵家の跡継ぎという大任。僕のような者がふさわしいかはわかりませんが、精一杯の努力をさせていただきます」

「身に余る光栄です。私も精一杯の努力をすることを約束させていただきます」

なにこれ、この子たち本当に四歳ですか？

私と同い年なのに、大人顔負けのはきはきとした口調と、優雅でびしっとした所作で、お父さまの言葉に答えていく。

気のせいだろうか、彼らの周囲にきらきらと輝くオーラみたいなのが見える。

なんかもう自分とは別の生物な気がしてきた。

魔法の才能が抜群な上に、利発で聡明《そうめい》。おまけに容姿も端麗《たんれい》。

確かにこの子たちなら、公爵家の跡継ぎ候補にもふさわしいだろう。

「ただ誰を跡継ぎにすべきかという話なのだが、現状、君たちの力は非常に拮抗《きっこう》している。ここで安易に誰かを選べば、それ以外の家への誠意を欠くことになってしまう」

シルフィール公爵家とシルウェストレ五侯《ごこう》との関係はとても深いらしい。

誰か適当に選ぶなどということはできないのだろう。家同士の関係まで考えると。

「そこで君たちには今日からこの家で暮らしてもらい、十五歳になるまでの間に試験を受けてもらう。その中で、もっともよく成長し、忠実に役目を果たせた者を、この公爵家の跡継ぎとして選ばせてもらいたい」

「試験とはなんでしょうか？」

子供たちがお父さまにたずねる。

「君たちは本来シルフィール家の次期当主を守る護衛役という役目につくはずだった。次期当主を守るための魔法の力、人とのコミュニケーション能力、そして貴族の一員として大切な他家を尊《たっと》ぶ心、これらすべてが必要な仕事だ。だからその役目をどれだけ立派に務められるかを君たちへの試験としたい。君たちにはシルウェストレ五侯《ごこう》の子息として護衛役を務めてもらいたいんだ」

その言葉に子供たちは戸惑った顔をする。

「し、しかし、守るべき跡継ぎの方がおられません」

そう思うのも当たり前だ。

肝心の跡継ぎがいないから、彼らがその候補に引っ張り出されてるのだ。なのに、跡継ぎの護衛役をやれっていうのは無理な話だ。

そんな話を蚊帳《かや》の外から聞いていた私に、お父さまの目がようやく向く。

え、私っすか……？　他ならぬお父さまから跡継ぎ失格の判定を下された身っすよ。

「次期当主の代わりは、このエトワを使う」

まじっすか……

跡継ぎ失格の人間を守るってかなり意味ない気がする。ていうか、守る意味あるの？　襲ってくる敵とかいなくない？

私の疑問は当然のことだったらしい。

子供たちも困った顔をした。

「しかし、エトワさまは……」

言葉を濁《にご》す少年。

うん、気持ちはわかる……。言いたいこともわかる。

それにお父さまが頷《うなず》く。

「その通りだ。残念ながら、守る価値はない」

いや、そこまではっきり断言されると哀《かな》しいです。

そう思っていたら執事が近づいてきて、私の首に何かをかけた。

緑色の宝石がついたネックレスだ。澄んだ南国の海のような色をしていて、不思議な文様《もんよう》が刻まれている。

なんじゃこりゃ。

「これは我がシルフィール家の家宝の一つ。風の大精霊石だ」

うん、やばいよ。明らかにお高いというか、貴重すぎて値段さえつけられない雰囲気がある代物《しろもの》が出てきたよ。

これ失くしたら、家どころか国レベルでやばくなるやつだよ、たぶん。

やばい、やばい。そんなもの、私の首にかけんでくれ。

しかし、私の意思は微塵《みじん》もその場に反映されないらしい。淡々と話は進んでいく。

「君たちには十五歳になるまで、この石がかけられたこの子を守ってほしい」

なるほど、価値がない分は、家宝で埋め合わせってことね。って、なんて無茶をするんだ……このおっさん……。私の父親だけど……。

「わかりました！　何があろうとシルフィール家の家宝、大精霊石を守り抜いてみせます！」

「シルフィール家の宝、絶対悪党には渡しません！」

「アリエル家の人間として、クロスウェルさまの期待に必ず応《こた》えてみせます」

うん、私おまけだよね。完全におまけ……

大精霊石がメイン……

拒否権はないっぽい。

ちくしょー、わかったよ～。大人しくぶらさげておくよー。

この騒動の原因は私にもあるから、大人しくこの状況を受け入れることにする。

そもそも抵抗したところで、どうにかなったとは思えないけど。

最後に、今まで私と目も合わさなかったお父さまが、ちらっと一度だけ私の目を見た。

表面上はいつも通り何もない感じの表情だったけど……なんとなく伝わってきてしまう。

なんだよー、そんな顔すんなよぉ……

大貴族の当主ともなると大変だなぁ……

どうやらこの件はお父さまとしても本意ではないようだ。

貴族の当主っていったら絶大な権力をもっていてやりたい放題と思われがちだけど、

前当主や親戚たちの意向を汲《く》まなきゃいけなかったり、いろいろ大変らしい。

今回の件も、そういうところからの圧力があったのだろう。

私は心の中でため息をついて、この状況を完全に受け入れる。

そして話はまとまり、お父さまと執事は去って、部屋には子供だけが残された。

なんだか気まずい沈黙が私たちを包み込む。

そんな中で男の子の一人が、いきなりソファーに体を投げ出し、めんどくさそうな声で言った。

「あーだりぃ。なんでこんな弱そうなわけわかんないヤツの護衛をしなきゃなんないんだよ」

あれ？　この子、お父さまといたときとぜんぜん態度が違いません……？

＊＊＊

お父さまがいなくなった途端、赤い髪の男の子が、ソファーに寝っ転がって不貞腐《ふてくさ》れた態度で愚痴《ぐち》を言い始めた。

あれ？　育ちのよさそうな笑顔で、お父さまの言葉にはきはきと答えていたあの子はどこいったの？

私が固まっていると、跡継ぎ候補の中で唯一の女の子が言った。

「こらっ、リンクス！　エトワさまに失礼でしょう。謝りなさい！」

あ、女の子のほうは普通でよかった。

女の子はお父さまがいなくなる前と後でまったく態度が変わらなかった。唯一の女の子が、友達になれそうな感じの子で安心する。

その女の子は銀色の髪の可憐《かれん》な子で、将来美人になることを確信させた。そもそもこの子が公爵家の娘として生まれていれば、こんな状況は起こらなかったのかもしれない。

「本来の俺たち護衛役の仕事は、次代のシルフィール家当主となるお方を守ることだぜ。もちろん、才能だって魔力だって俺たち以上に優《すぐ》れたお方だったはずだ。なのに、このガキは魔力がないどころか、目も見えない、しゃべりもしない。こんなの守りじゃなくてお守《も》りだぜ。やる気が出ないのは当たり前だろ」

いや、しゃべるけどね。普通にしゃべるけどね。

今は、あっけにとられてしゃべれないだけで。

まあ、あとはおおむね事実だけど。

「リンクスー！」

女の子が顔を真っ赤にして怒り出す。

それを黒髪のさわやかそうな少年がなだめた。

「落ち着けよ、ソフィア。怒りすぎだ。それからリンクス、お前もちょっとおかしいぞ」

おお、この男の子もまともなのかな？

――と思った私が間違いでした。

「この子供の子守《こも》りをすれば、シルフィール家の跡取りの座が転がり込んでくる。こんなにお得なことはないだろ？　まあやめたいならさっさと降りてくれよ。ライバルが減って得するのは僕だからね！」

「クリュート！　あなたも失礼よ！」

女の子に怒られても、黒髪の美少年は、腹黒そうな笑みを浮かべたままだった。

いや、本音ぶっちゃけすぎですよ、君。

あと、さっきから君たち私のことガキとか、子供とか言ってるけど、君たちも子供ですからね!?

そりゃ、ちょっとぐらいあなたたちのほうが美形で、頭良さそうで、立ち居振る舞いが優雅で、すごそうなオーラ出てるけどさ。

けどさぁ……

そんなことを思っていると、私の顔がつんつんと突《つ》かれた。

こんどはなんじゃい。

と思って振り返ると。

金髪の男の子が感情の見えない瞳で、私をじーっと見つめながら言った。

「お前、目が開かないのか？　何かの病気なのか」

え、こんな無表情な子だったっけ。

確か、お父さまと話してたときは、上品に微笑んでいたような。この五人の中では、一番背が低いので、お人形さんみたいだと思ったんだもの。

でも、口調は失礼だったけど、その言葉が嫌味じゃないのはなぜかわかった。

たぶん、こういう子なんだろう……。天然系ってやつで。

なんにせよ、みんなお父さまの前とは違いすぎる。

男の子たちの豹変《ひょうへん》ぶりに呆然としていると、最後の男の子が他の少年たちの前に立ちふさがった。

「みなさん、エトワさまは仮とはいえ十五歳まで私たちの主《あるじ》となられるお方です。失礼な態度は取らないように、敬意を払って接しなさい」

跡継ぎ候補の子たちの中で、一番背が高く、大人っぽい子だ。

その男の子は、私の手を取り言った。

「エトワさま、他の護衛役たちの無礼をお許しください。私がエトワさまを、十五歳まで無事に守り通してみせます」

その笑顔はなんだか作られたもののような気がして、子供たちも大変なんだなぁって思った。

父から私の護衛役を命じられた少年少女たちは、三人は私を尊敬するつもりゼロ、二人は内心は不明だが表面上は敬意を払ってくれる。そんな状況みたいだ。

私としては、何か問題が起きなければ、これでいいと思うけど。

護衛役同士でもあまり仲良くなさそうだけど、せめてこの首にかけられた大精霊石だけは守ってくれたまえ、そう思う。

「えーと、まあいろいろ複雑でしょうけど、これからよろしくお願いします」

私がそう言って五人に頭を下げると、なぜかリンクスくんとクリュートくんが飛び上がった。

「しゃ、しゃべったぁ!?」

え、しゃべってたよね私。お父さまと一緒にいるときとかに、確かしゃべってたよね。

——あとで思い返してみるとまったくしゃべってなかった。

そりゃ驚かれるわけだよ……

＊＊＊

次の日から、跡継ぎ候補の子たちの荷物が公爵家に運び込まれ、一緒の生活が始まった。

本来、護衛役という仕事は、彼らが六歳になったときから始まるらしい。

それが二年早まったのは、彼らが跡継ぎ候補になったからかもしれない。

その跡継ぎ候補になった子供たちは五人。

まず、スカーレット侯爵家のリンクスくん。

子供たちの中でもリーダーシップを取りたがり、ちょうど生意気盛りといった感じの男の子だ。しかし、大人相手にはいい子そうに振る舞う処世術《しょせいじゅつ》もこの歳にしてもっている。気の強さを表すような赤い髪が特徴で、以前も話した通りかなりの美形である。

次が、レオナルド侯爵家のクリュートくん。

一見さわやかだけど、発言が腹黒く、リンクスくん以上の問題児かもしれない子だ。

でもやっぱり外面《そとづら》はいいぞ！　きれいでさらさらの黒髪をしていて、一度は触《さわ》ってみたい。もちろん、例に漏れず美形だ！

三人目は、オルトール侯爵家のミントくん。

正直、私もよくわからない不思議ちゃんな感じの子だ。無表情でポツポツとしゃべるから、いまいち何を考えているのか不明。でも、色素の薄い金色の髪はまるでフランス人形みたいで最高だ！

って思わず趣味が出てしまったよ……

あとあと、アリエル侯爵家のスリゼルくん。

四歳なのに背が高くて、二つくらい年上に見える。礼儀正しい少年で、私にも優しくしてくれるよ！　白に近いプラチナブロンドのきれいな髪をしている。そしてやっぱり美形だね！

最後は、フィン侯爵家のソフィアちゃん。

この子がいい子なんだよねー。ほぼ風の大精霊石の台座と化してる私のことを、ちゃんと主人扱いしてくれるし、いろいろと気を遣ってくれる。おまけにかわいい。銀色の髪はさらさらで、まるでお姫さまのよう。ああ、この子がいてくれてよかった！　本当にそう思います！

この五人が、落ちこぼれの私に代わって公爵家の跡を継いでくれる、後継者候補の子たちである。

そんな五人の子供たちとの生活は、今のところ平穏だ。

護衛役ということで彼らとは日中を一緒に過ごすことになるのだけど、私としてはかわいい家族が増えた感じだ。

今日も一緒にテーブルに座り、食事を取っていると、リンクスくんが言った。

「食べ終わったら、ペルシェールやろうぜ！」

ペルシェールとは、異世界版の鬼ごっこだ。

どんな世界でも、子供たちがやる基本的な遊びは変わらない。

「ああ、かまわないよ」

「うん……」

「よし！　決まりだな！」

四歳にあるまじき賢《かしこ》さをもつこの子たちだけど、こういう遊びで盛り上がっちゃうところを見ると、まだまだ子供だなぁってほっこりする。

「ちょっと待ってよ！　エトワさまがいいって言ってないわ」

「その通りだ。エトワさまの許可がなければだめだ」

律儀《りちぎ》に抗議してくれるのは、ソフィアちゃんとスリゼルくんの二人だ。

この世界で過ごしていて気づくことは、貴族の身分があり、血統が重視されると同時に、かなり実力も大事な社会だということ。

貴族たちは誰もが優秀な魔法使いだ。そして有名な貴族は、ほぼ例外なく魔力が大きい。権力をもつ貴族が、それに値《あたい》する魔法の力ももっている。それがこの世界なのだ。

その影響もあって子供同士の付き合いにおいても、魔力のない私の立場は微妙なのである。

なのにこの二人は、何かと私の意見を尊重してくれようとするのだから、本当にいい子たちだと思う。

ただし私としてはリンクスくんの意見に反対する気はナッシング。

「私はかまわないよ～」

子供はたっぷり遊ばないといけないよね！　いいことだと思います！

「でも、でも、エトワさまが……」

「なんだよ～、ソフィア。もしかして負けるのが怖いのか？」

リンクスくんがこれまた子供っぽい挑発をする。

「むっ……そんなんじゃないわよ！　ただエトワさまが……」

ちらっとこちらを見て言うソフィアちゃん。でもその目には闘志が燃え上がっています。

うんうん、本当はやりたいんだよね。好きだもんね、ペルシェール。わかってます。

「大丈夫！　大丈夫！　やろう、ペルシェール！」

私は親指をぐっと立てて子供たちの要望を承認する。

「ほら、糸目《エトワ》もいいって言ってるし、やろうぜ！」

「さまをつけなさい！」

「へいへい」

実はペルシェールをやることを、ソフィアちゃんがあんなに渋っていたのには理由がある。

ペルシェールはペルシ（猫）とエル（天使）に分かれてやるゲームだ。

ペルシが鬼ごっこでいう鬼で、エルが逃げるほう。

姿を隠す魔法を使って猫の尻尾《しっぽ》にいたずらしようとした天使が、猫に気づかれ追いかけ回されたという神話から名前がつけられてるらしい。

そして普通の鬼ごっことの一番の違いは――

――魔法を使ってもＯＫってこと。

「げふっ！　ごふっ!!　ぐはぁあっ!!」

遊びが始まって三十秒、陸に打ち上げられたシャケのようにピクピクと地面に横たわる私がいた。

この異世界版鬼ごっこ、元いた世界とはスピードが違う。

みんなが魔法を使ってバイクみたいな速度でびゅんびゅん飛び回るから、私のような一般ピーポーは立ってるだけで危ない。

子供たちの魔法を使った追いかけっこに、ろくな反応もできずに轢《ひ》かれまくった私は、早いと開始数秒で地面に横たわることになる。

「なんだよ、おまえー。使えねぇー！」

リンクスくんが子供らしい不満顔で叫んだ。

ごめんよ。この遊び、地球生まれの私にはハードすぎるよ……

エル（天使）が四人、ペルシ（猫）は二人。エル（天使）側のリンクスくんから不満があがることは仕方なし。

「エトワさま、大丈夫ですか？」

ソフィアちゃんに心配そうな顔で覗《のぞ》き込まれ、私は最後の力を振り絞り、プルプルと足を震わせながら立ち上がり、親指をぐっと立てる。

「だ、だいじょうぶ。でも、ちょっと疲れたから、見学しててもいいかな？」

「は、はい……」

こうして、私はなんとかエクストリーム鬼ごっこから逃れることができた。

木陰の岩に座り込み、再開されたペルシェールの様子を眺める。

シルウェストレの子供たちは本当にすごい。いとも簡単に魔法を操《あやつ》り、鳥のように空を飛び、時には遠距離から魔法の攻防をしてみせる。

たぶん、子供たちみんながこうなんじゃなくて、彼らはこの世界でも特にすごい子たちなんじゃないかと思う。

なんで私がこんな無謀《むぼう》な競技に一時《いっとき》でも参加したかというと、別に私がアホだからというわけではない。いや、アホかもしれないけど……

私が参加しないとソフィアちゃんとスリゼルくんの二人が、「エトワさまが参加できる遊びじゃなきゃやらない」と言って譲《ゆず》らないからだ。

最初だけでも私が参加しなければ、ソフィアちゃんもスリゼルくんもこの遊びができない。

そういうわけでペルシェールをやりたがるリンクスくんたちと、本当はやりたいけど私のために反対しなければいけないソフィアちゃんたち――二者の間を取り持つため、最初は私も必ず参加しなければいけなくなっている。

立ち位置としては中間管理職みたいなものだ。

全国のお父さん、こんなに大変だったんだねぇ……

今、五人は自由に空を飛び回ってペルシェールを楽しんでいる。元いた世界とはちょっと違うけど、ほんわかしたほほえましい景色だ。

お腹に三発ほどフライング頭突きくらった甲斐《かい》があったよ。ふっ……

私は侍女さんたちに淹《い》れてもらったお茶を飲みながら、空を飛び回る五人の子供たちをまったりと眺めた。

＊＊＊

シルウェストレの子たちがうちに来て、ちょうど一週間ほど。

まあまあうまくやれてる気がします。

リンクスくんたちとソフィアちゃんたちが、よく私の扱いを巡って対立するけどね。

それはそれということで。

私としては利発で元気なあの子たちを見るのは楽しいものがあります。まあちょっと、彼らの遊びについていくのは厳しいときがあるけど。

今日も、リンクスくんやソフィアちゃんたちと行動して一日を終えて、疲れて寝てたんだけど、夜も深まったころ、トイレに行きたくなって起きてしまった。

いくつになっても、こういうシチュエーションはちょっと怖いよねぇ。

とはいえこの歳になって、誰か一緒についてきて、などと言うのもはばかられたので、一人でえっちらおっちらとトイレに向かったんだけど。

みんなが寝静まった館《やかた》で、誰かの話し声が聞こえてきた。

心霊現象ではないよ。

部屋の中から聞こえてきたからね。

それはシルウェストレの子たちに与えられた部屋の一つだった。

誰の部屋かは、まだ覚えきれてないし、暗いからわからなかったんだけど。

たぶん遠話《えんわ》といわれる、魔法を使った電話みたいなので会話してたのだと思う。

「ええ、母さま、僕が必ず公爵家当主の地位を手に入れてみせます。母さまの息子という誇《ほこ》りにかけて」

不思議なことに、私には会話の相手に気丈に答えるその声が、泣いているように聞こえた。

「他のどの候補にも負けません。僕が一番になって、公爵になって、母さまの血の正しさを証明します」

考えてみると、四歳から親もとを離れ、公爵になるために競争させられてるんだよね。大変じゃないわけがないと思う。

それでも手に入れたいほど、公爵家当主の地位は大きいものだと言える。

私としては、シルウェストレの子たちから誰かを贔屓《ひいき》にするわけにはいかないけれど、でもみんながんばって、一番に望む誰かが継いでくれたらなって思う。みんなを応援したい。

それは自己欺瞞《じこぎまん》かもしれないけど。

これ以上、盗み聞きするのも悪いので、私はその場を離れた。

＊　＊　＊

日がな一日部屋でごろごろして、お茶を飲んでると思われてる私ですが。

ちゃんと勉強もしてたりもします。

主に勉強しているのはこの世界のことや文字の読み書き。

侍女の人に教えてもらいながら、文字の練習をしてたとき、リンクスくんたちに「まだそんなのやってるのか」という目で見られたけど、ふっ……気にしない。

凡人には凡人のペースがあるのだよ。天才児の君たちと比べないでくれたまえ。

それにしても心眼〈マンティア〉は便利なスキルです。

本当の目のように色も認識できるし、文字を書くこともできます。それだけじゃなく、この力を使えばなんと自分の姿を見ることが可能。

鏡いらずで便利。

ただ謎なのは、転生したとき神さまにこんなスキル注文した記憶がないこと。あと、目が見えないことについても聞いてなかったような。

まあ、最終的に不便がないからいいけどね。いえーい。

私だけでなく、リンクスくんたちも勉強しているようです。

彼らには家庭教師がついてみっちりと。

そして今日はなんと魔法院《まほういん》という施設を見学しに来ました。

魔法院とはその名の通り、魔法についてのことがらを扱う施設だそう。

ここらへん、この世界は複雑だ。

貴族たちはほぼ全員魔法使いではあるけれど、魔法使いが全員貴族というわけではない。

平民の中にも、魔力に優《すぐ》れた人間はいるらしい。

彼らは魔法の研究をしたり、貴族の部下として働いたり、冒険者になったりする。

ちょっと話は逸《そ》れるけど、この世界、冒険者がいるんだね！

これを聞いたときは、ちょっとときめいた。

十五歳になったら独立しなきゃいけないし、私も冒険者を目指そうかなぁって思ってる。

話を戻そう。

魔法院は主に、平民の中で魔法の研究をする人たちが集まる施設らしい。

それだけでなく、魔法の訓練や、魔力検査、その他いろいろなことができる施設だ。

今日の目的の一つは魔力検査。

前に公爵家でもしたんだけど、詳細な検査はここでしなければならないらしい。貴族の子たちは必ず受けるんだそうだ。

定期健診みたいなものだねぇ。

魔力ほぼゼロの私はリンクスくんたちのおまけです！

「それでは、検査をさせていただきます」

白衣を着た研究員らしき人が、リンクスくんたちに言う。

「リンクス・スカーレットさま」

最初はリンクスくんが呼ばれた。
ちなみに跡継ぎ候補の子たちは、元の世界の病院で着る検査着みたいな服を着ていた。
リンクスくんが入っていったガラス張りの部屋には、大きな魔法陣が描かれている。
公爵家にある魔力を調べるための魔法陣をさらに大きくして複雑化したようなものだ。
その中央にリンクスくんが立った。
「今から魔法陣を起動します。精神を落ち着かせてください」
リンクスくんは慣れた顔で、魔法陣の中心に立っている。
研究員の人が呪文を詠唱《えいしょう》すると、魔法陣が起動した。
魔法陣から赤や青の円形の光が出てきて、リンクスくんの体を通過していく。
その光は糸のようになり、別の研究員が持っている紙に何かが書き込まれていった。
おお、魔法っぽい！
「す、すごいぞ……」
「さすがスカーレット家のご子息さま……」
研究員の人たちの言葉に、私も紙の内容が気になり出す。
光がおさまるのを待って、心眼〈マンティア〉を使って紙を覗《のぞ》き込む。
ぴょんぴょんとジャンプしてるのは気分の問題だよ、君。

名前：リンクス・スカーレット
年齢：4歳
性別：男
生命力：750
持久力：550
マナ：1500
筋力：80
耐久力：50
敏捷《びんしょう》：102
魔力：620
スキル：風魔法Lv4　炎魔法Lv3　詠唱《えいしょう》短縮Lv2　攻撃魔法強化Lv1
加護：風の大精霊の加護　炎の精霊の加護

おお、ステータス表示だ。
やっぱり異世界にはこういうのがあるんだねぇ、と思いながら内容を見ていくけれど、何もわからない。

でも、研究員の人の反応ですごいことはわかる。

「この歳で詠唱短縮《えいしょうたんしゅく》を身につけているとは……」

「シルフィール家の血筋の証《あかし》である風の大精霊の加護だけではなく、炎の精霊の加護まで受けているぞ……」

「素晴らしい！」

次は、ソフィアちゃんだった。

ソフィアちゃんが、ちょっと緊張した様子で部屋に入っていくと、同じような手順で魔法陣が起動される。

例によって、結果の紙を覗《のぞ》き込んでみると。

名前：ソフィア・フィン
年齢：4歳
性別：女
生命力：450
持久力：350

マナ：2250
筋力：50
耐久力：30
敏捷《びんしょう》：60
魔力：920
スキル：風魔法Lv5　光魔法Lv1　詠唱《えいしょう》短縮Lv1　妖精召喚《しょうかん》（聖属性）
加護：風の大精霊の加護　天使の加護

二人を比較して、ようやく違いがわかってきた。
女の子だからか、生命力や筋力なんかはリンクスくんより少なめ。
代わりに魔力はソフィアちゃんのほうが高いみたいだった。
そして光魔法に、天使の加護。どちらもかなりレアなものらしい。
う〜ん、あらためてすごい子たちだなと思う。
それから、クリュートくん、ミントくん、スリゼルくんの検査も終わる。
クリュートくんは水、土属性の魔法と精神操作の魔法が扱えるという結果だった。
ちょっと怖いよ。

ミントくんは回復魔法と魔獣召喚《しょうかん》のスキルが使えるみたい。うんうん、動物好きだったもんね。うちに来てからは門番の犬を撫《な》でてる光景をよく目撃してました。

スリゼルくんは光魔法と同じくらいレアな闇魔法が使えるらしい。うーん、かっこいい。

全部の検査が終わったと思ったら、研究員の人が私のほうに歩いてきた。

「あなたも検査するんですよね。検査着は渡されませんでしたか？」

そう話した途端、別の研究員の人が慌てた様子でやってきて「おいっ」とその背中をひじで突《つつ》いた。突《つつ》かれた研究員の人が、振り返った私の額《ひたい》を見て「あっ……」と声を漏らす。

この検査は貴族の子に義務づけられてるものだけど、あれなのだ。ここでいう貴族の子というのは、貴族の後継者資格をもった子たち――第一継承権とかではなく第二第三でも継承権さえあればいい――なのだ。

要は貴族の家を継ぐのに十分な魔力をもった子たちだけが対象というわけである。

なので私はこの検査制度の対象からは外れる。

まあ、跡を継ぐ可能性がない子をいちいち検査しても仕方ないしね。

研究員の人たちの間にちょっと気まずい沈黙が流れる。

私は彼らを見上げて聞いてみた。

「もしよかったら、検査を受けさせてもらっても大丈夫ですか？」

「え……？　い、いいんですか……？」

「ご迷惑でなければよろしくお願いします！」

私は親指を立てて、お願いをする。

実は興味はあったのだよ。

私自身のステータス。どんなもんだろうって。

許可をもらったので、堂々と検査室の中に入っていく。

「そ、それでは、検査を開始させていただきます」

その言葉とともに、魔法陣が光り始めた。

本当の目じゃないからチカチカしない。心眼〈マンティア〉って便利だなぁ。

検査が終わると、私は研究員の人のほうに走っていった。

「見せてください！」

ぴょんぴょんっと、検査用紙を要求する。

「は、はい」

研究員の人から検査用紙を渡された。

私はそれを覗《のぞ》き込む。魔力についてはぜんぜん期待してないけど、その他の項目はあれだよね、学校の体力測定みたいな感じに楽しめるはず。
どんなもんかなぁ、どきどき。

名前：エトワ・シルフィール
年齢：4歳
性別：女
生命力：11
持久力：7
マナ：1
筋力：4
耐久力：2（＋30）
敏捷《びんしょう》：10
魔力：0.1
スキル：心眼〈マンティア〉
加護：なし

なにこれ、スライムよりひでぇ……

ていうか小数点以下表示できたのかよ……

第三章　別荘旅行

ついに五歳になりました。
あと一年で学校に入学。早いものです。
そういえば、あの魔力測定のときの耐久力についてた（＋30）って数値だけど、あの
あと研究員の人に聞いてみたところ、風の大精霊石の効果みたいです。
ただのめちゃくちゃ貴重な飾りだと思ってたら、そんな効果があったのかぁ、としみ
じみ感心しました。
そんなトリビアは置いておいて、明日から別荘に行くことになってます。
貴族の子供たちは、元の世界でいう春休みの時期、別荘で過ごすことが一般的なのだ
そうです。
知らんかったよ。お父さま、忙しいしね。うん。
とにかくリンクスくんとクリュートくんが行きたいと言ったので、私たちも行くこと
になりました。

お父さまの代わりに執事長のクラットレさんが引率《いんそつ》してくれることになってます。私が生まれたときに近くにいた、あのお爺《じい》さん執事です。

正直、公爵家から出たことがなかったから、かなり楽しみです。

ビバ！　異世界での初旅行！

リュックを準備して、着替えを入れてーの、石けんやタオルなどのお風呂道具を入れてーの、それから薬も一式あったほうがいいよね。

わくわくしながら準備をしていたら、リンクスくんやソフィアちゃんたちから、不審な目で見られました。

君たちー、なんですかな？

私が首をかしげて視線を返すと、ソフィアちゃんが代表するようにおずおずとたずねてきた。

「エトワさま、何をしていらっしゃるんですか？」

「旅行の準備ですけど？」

「え？」

「え？」

お互い何かおかしいですか、みたいなやり取り。

私には原因がさっぱり。
なんでこんな変な子を見るような目で見られなければならないのか。
そんなことを思っていると、スリゼルくんが私に言った。
「エトワさま、旅行の準備でしたら侍女たちがやっていますが？」
えっ……
その言葉に、はっと衝撃を受けた。
私は今まで旅行には着替えや洗面用具、お金が必須だと思っていた。
で、でももしかして、貴族の旅行にはそんなもの御必要ではない？
いや、必要かもしれないけれど、少なくとも自分で持ち歩く必要はない!?
侍女の人たちが必要な荷物を持ち運んでくれて、私たちは手ぶらで移動。
そ、それって――
今までの旅行という概念が、根底から覆《くつがえ》ってしまう！
「こ、これが！　ぶるじょわーる……!!」
私は衝撃のまま叫んで、子供たちからさらに白い目で見られた。
いや、でも、私ってばかなり恵まれてるよねぇ。
生まれて最初に額《ひたい》に焼きごてを押しつけられたときはびびったけど、それからは平和でぶるじょわーに暮らせてる。

元いた世界では行ったことすらなかった別荘旅行なんてものに行けるのだ。

かなりいい感じに異世界生活できてるのは間違いなかった。

「お前、何考えてんだ？」

リンクスくんが呆れた表情で私を見る。

しかし、私はふっふっふと笑って、用意していたリュックを担《かつ》ぎ、リンクスくんを見つめ返した。

まあ糸目《いとめ》だから、目は合わないんだけどね。気分です。

「な、なんだよ……」

「なるほど、貴族の旅行がどういうものかはよくわかったよ。侍女の人は確かに君たちの荷物を用意してくれるかもしれない。でも、君たち、旅行というものをナメてないかい？　いつもと違う土地、知らない場所、そこでは何が起こるかわからない！　旅行には備えというものが必要なのだよ。もしも何かあったとき、頼れるのは自分と自分の荷物だけ！」

私はリュックを担《かつ》ぎながら、子供たちへと宣言する。

年長者として、人生の先輩として、旅行の心得を見せつけるのだ。

「だから！　私は!!　この荷物を持っていく!!」

「あ、エトワさま、それ着替えですよね。勝手に取らないでください。準備ができません」

リュックからはみ出したドレスをめざとく見つけた侍女の人が困った顔で、私からリュックを取り上げた。

そしてリュックを開けて中身を取り出していく。

「あ、洗面所の石けんまで。どこにいったのかと思ってたら……って薬!?　こんなものどこから持ってきたんですか」

あ～ん。

「アホか。庭に遊びに行こうぜ」

私の旅行セットは侍女さんたちに解体され、呆れたリンクスくんたちは庭に遊びに行ってしまった。

＊　＊　＊

今、私の目の前にはエメラルド色の森がどこまでも広がっている。ちょうど発生していた夕霧が森の間を通り抜け、ファンタジー映画の中に来てしまったような景色だった。

澄んだ風が私の頬を撫《な》でる。

「うおー」

私は感動して叫んでしまった。

なんと一日も経たずに、私たちは公爵家の所有する別荘地の一つにたどり着いてしまったのだ。

移動手段は空飛ぶお船、飛空船《ひくうせん》だ。

公爵家で五年間暮らしていたけど、そんなもの持ってるなんて知らなかったよ。

それを見たときも感動して叫んでしまって、リンクスくんたちに白い目で見られた。

この別荘地は高原にあるらしい。

人の家はまったくといっていいほどなく、森と草原がどこまでも広がっている。

特に高台に造られた公爵家の別荘から見下ろす景色は格別だった。

ただ低地より気温は低く、春だからかちょっと寒い。

でも、侍女の人が厚めの上着を着せてくれたから大丈夫だ。

「この地方には古代の遺跡があるんですよ。だから王家と公爵家で所有して、一般人は入れないようにしてるんです」

「なるほどー」

ソフィアちゃんの説明にほうほうと頷《うなず》く。

だからこんなに人家がまったくないんだねぇ。

「早く中に入ろうぜ！」

「うん、さすが公爵さまご所有の別荘だ。悪くないね」

遊びたい盛りの男の子たちだけど、もう夕方近いから遊ぶのは明日からだ。

楽しそうに別荘のほうへ走っていく。

別荘というけど、さすが公爵家の建物とあってか、元の世界で私が住んでた家なんかより何倍も広い。

立派な屋敷だけでなく、横に広い庭と澄んだ湖《みずうみ》があり、船が浮かんでいる。

「参りましょう、エトワさま」

スリゼルくんに言われて私も別荘の中に入っていく。

その日は別荘でゆったり過ごすことができた。

＊　＊　＊

次の日、庭で遊んでたら、リンクスくんがこんなことを言い出した。

「遺跡に行ってみようぜ！」

遺跡……

話には聞いてたけど本当にあるらしい。

私は思わずソフィアちゃんのほうを見る。

「行って大丈夫なの？」

ソフィアちゃんはちょっと困った顔で言った。

「立ち入り禁止のところに入らなければ大丈夫だとは思います……」

なるほど、入っていい場所とだめな場所があるのね。

それからソフィアちゃんは、リンクスくんたちのほうを向いた。

「こら、あなたたち勝手に決めないで！」

「えー、ここに来たなら絶対に遺跡だろ！　遺跡！」

「そうそう、王族の許可を得た者か、この別荘に招かれた者しか見られないんだから、ぜひ見に行くべきでしょう。エトワさまもそう思いますよね」

クリュートくん、やんちゃな三人の男の子の中では唯一、私をさま付けしてくれてるんだけど、まったく尊敬されてる感じはない。さすが腹黒少年。

「エトワ、どうなんだよ！」

リンクスくんに睨《にら》まれた。

子供特有の断ったら許さないぞオーラを感じる。

「うん、いいよ」

さっきの話を聞く限り、立ち入り禁止のところに入らなければいいだろう。

私はあっさり許可を出す。

「よし、行くぞ！」

そう言うとリンクスくんたちが森のほうに走り出した。

え？　歩きっすか？

どれくらい距離があるんだろう……

結局、遺跡へは飛行魔法で行くことになった。私はスリゼルくんに抱きかかえられて一緒に。

そうして三十分ほどで遺跡のある場所にたどり着く。

そこは半分瓦礫《がれき》になった石造りの建物が点在する廃墟《はいきょ》みたいな場所だった。

一見、元の世界にあった城跡のような感じだけど、独特の模様が描かれていて、そこだけ一切風化していなかったりして、何か異様な力みたいなのを感じる。

しばらくの間、遺跡を見て回ったり、他の子供たちが高いところに上《のぼ》って遊んだり、追いかけっこしたりして――

「あー、つまんねぇ！」

案の定、子供たちは飽きた。

そりゃそうだよね。ちょっと不思議なところはあっても、ただ瓦礫《がれき》があるだけの場所だもん。

むしろ私のほうが楽しんでた気がする。

マチュピチュとかに海外旅行に来た気分でした。

「なぁ、あっちに行ってみようぜ！」

リンクスくんが遠くの遺跡を指さして言う。

そこには看板が立っていて、この世界の文字でこう書かれていた――『立ち入り禁止』と。

「だめよ！　立ち入り禁止の場所には入らないって約束だったでしょ」

ソフィアちゃんがリンクスくんに怒る。

「うんうん、さすがに悪いけど許可できないよ……」

私もこれは許可できなかった。もしかしたら危ないことがあるかもしれないし。

「なんだよ、ソフィア。もしかしてお前、怖いのかぁ～？」

リンクスくんが馬鹿にするように、ソフィアちゃんに返す。私は完全スルー。

「そんなんじゃないもん！」

ソフィアちゃんはカチンときた様子でリンクスくんに怒鳴る。

「お～い、臆病者《おくびょう》のソフィアは放っておいて行こうぜ～」

「うんうん、王家が立ち入り禁止にする場所。何か面白いものがありそうだ。もしかしたら王家の秘密を掴《つか》んでしまうかもしれない」

「向こうにリスの巣が見えた」

リンクスくん、クリュートくん、ミントくんはそう言うと、立ち入り禁止の看板の向こうに走っていってしまう。

この場には私とソフィアちゃんとスリゼルくんが残された。

「むうぅぅぅ～」

ソフィアちゃんは三人のいる方向を、涙目で睨《にら》み続ける。

この子、とてもいい子なんだけど、同時にとても負けず嫌いなんだよね。だからああいう挑発はかなり効いてしまう。今も追いかけたいのを必死に堪《こら》えてここに留まってるのだろう。

「う～ん……」

私は頬をぽりぽり掻《か》きながら、ちょっと逡巡《しゅんじゅん》しつつも、ソフィアちゃんに言った。

「入っちゃったものは仕方ないし追いかけようか。すぐに連れ戻せば、大丈夫だと思うし」

ソフィアちゃんが、ぱっと顔を輝かせて頷《うなず》く。

「はい、エトワさま」

私はこのときの選択を後悔することになる。

むしろ私がしっかりと男の子たちを止めるべきだったのだ。

＊＊＊

立ち入り禁止のところに足を踏み入れてしばらく、私たちは歩き続ける。

どうやらかなり奥まで入ってしまったらしい。

立ち入り禁止の場所はそうでない場所より、遺跡の形がちゃんと残っている。風化を防ぐあの変な模様もかなり多かった。

そしてようやく、リンクスくんたちの背中を見つける。

リンクスくんたちは何か大きい扉の前に立っていた。その扉にも変な模様が描いてある。

「おお、すげぇ！　なんだこれ！」

「うーん、古代の遺跡がこんなにはっきりと残っているとは……」

私は手を振って彼らのもとに走り寄り声をかけた。

「お～い、リンクスくんや。もう帰ろうぜ～」

その瞬間、変な声があたりに響いた。

『侵入シャ感知　侵入シャ感知　排除セヨ　侵入シャ感知　侵入シャ感知　排除セヨ』

周囲に響いたサイレンみたいな音と一緒に、遺跡の模様が赤く点滅しだした。

「な、なにこれ……」

「なんだなんだ⁉」

子供たちも騒ぎ始める。もう、嫌な予感しかしない。

そう思ったとき、スパンッとあの扉が斜めに切れた。斬撃《ざんげき》の余波が私の横の地面を切り裂き、私の頬から赤い血がつーと垂れ落ちる。

「え、エトワさま⁉」

それを見たソフィアちゃんが悲鳴をあげた。

切れ目の入った扉が崩れ落ちる。

そして中から大きな鉄の巨人が姿を現した。六本の足と四本の腕をもった禍々《まがまが》しい姿。

遺跡から響いてくる冷たい音声が私たちに告げた。
『侵入シャ六匹ヲ発見　全《スベ》テ殺セ』

＊＊＊

私たちの目の前に、不気味な鉄の巨人が現れた。
昆虫みたいな足が六本と、似たような形の腕が四本。見ているとぞわぞわする。
さらにその四本の腕にはそれぞれ、禍々《まがまが》しい武器が備えつけてあった。
子供なら数人を串刺しにできてしまいそうな大きな針。
大砲のような長い筒。
解体工事の現場にある重機についているような鉄球。
そしてこの巨人の身長と同じぐらいの丈《たけ》の大剣。
殺意しか感じられないデザイン。
その赤い目が不気味に光って私たちを捉《とら》えている。
いやいや、だめでしょう、これ。
ＲＰＧとかでたくさんの経験を重ねて成長した主人公の前に、終盤の敵として出てくるやつだよね。子供時代に別荘地からフィールド二、三歩歩いただけでエンカウントしていい敵じゃないよ。

この世界のモンスター配置おかしいよ！　どうなってんの！　おーい、神さま！

私は一瞬パニックに陥《おちい》りかけたが、「エトワさま、大丈夫ですか!?」と駆け寄ってくれたソフィアちゃんのおかげで正気を取り戻す。

そうだ。この子たちは天才と呼ばれる子たちだったんだ。

この歳にして魔法院の大人たちにも驚かれるような、優秀な魔法使いのちびっ子たち。

そんな彼らなら、こんな敵も倒せちゃうのかもしれない。だいたいこいつも案外、見かけ倒しかもしれないしね。

「うおっ!?」

鉄の巨人の大剣での一撃を、リンクスくんが飛行魔法を使ってひらりと避《よ》けた。

「この野郎！　よくもやってくれたな！」

そしてお返しとばかりに、攻撃魔法を放つ。

リンクスくんの手のひらから、竜巻を直径一メートルの球体に圧縮したような砲弾が放たれ、鉄の巨人へと直撃した。バキバキと鈍《にぶ》い音が響く。

よっしゃ、いける！

と、思ったのが甘かった。

嵐がおさまったあと、鉄の巨人の表面には傷一つついてなかった。

スリゼルくんが叫ぶ。

「魔法ダメージ減衰装甲《げんすいそうこう》!?」

なんですか、その魔法使いとやたら相性が悪そうな装甲《そうこう》は……

このメンバー、魔法使いと役立たずしかいないから、ピンチじゃない？

あ、もちろん役立たずは私です。

そんなことを思っていると、クリュートくんがふっと笑いながら前に出た。

「ここは僕に任せてくれたまえ」

クリュートくんが魔法を唱《とな》えると、周囲の大地から黒い細かな粒が宙に浮かび上がってきた。

これは……砂鉄!?

砂鉄はクリュートくんの頭上に集まって融解《ゆうかい》し、瞬時に一本の巨大な槍《やり》へと変化する。

「これならば！　魔法ダメージを軽減できても関係ない！」

たぶん、魔法だけど物理属性で攻撃できる技なんだと思う。こんな魔法まで使えるなんて、さすが魔法使いの名家に生まれた子供たちだ。

クリュートくんが腕を振り下ろすと、槍《やり》が加速して鉄の巨人へと放たれる。

しかし、鉄の槍《やり》は巨人の体にぶつかると、粉々に砕け散った。

「馬鹿な！　ゴーレムぐらいなら軽く屠《ほふ》れるはずの魔法だぞ⁉」

いつも余裕たっぷりなクリュートくんが珍しく取り乱す。

「こいつ……」

同時に他の子供たちの顔にも、焦りみたいな感情がまじり始めた。

えっ……実はちょっとやばいぱたーんなの？　これ？

私の背筋にもひんやりとしたものが込み上げてくる。

私は正直、この子たちなら、こんな強そうなモンスターだって、なんだかんだ倒せちゃうんじゃないかと思っていた……

一緒に過ごす中で、彼らの魔法の才能は見てきたから。

それに侍女さんたちの話でも、一般的な魔法使いの実力はこの歳で軽く超えていると聞かされていた。

「ソフィア！　まずエトワさまを飛行魔法で避難させろ！　あとから俺たちも続く！」

スリゼルくんが撤退の指示を出す。

「わかったわ！」

ソフィアちゃんが私を抱きかかえ、即座に飛行魔法を発動させる。

その瞬間、鉄の巨人が動いた。六本の足で地面を蹴り、その巨体からは信じられない速さで突進してくると、空に飛び上がった私とソフィアちゃんを目がけて、あの大針を突き出してきた。

「ひぃぃぃぃっ!?」

ガキンッと鈍《にぶ》い音がする。

私の体の十センチほど手前に、白い障壁《しょうへき》が現れていた。凄《すさ》まじい威力で放たれた大針がそれに突き刺さっている。そして白い障壁《しょうへき》はひびが入って壊れかけだった。

もし、この障壁《しょうへき》がなかったら、私の体はあの大きな針に串刺しにされてた……

さっきまで感じていた浮力がなくなり、ソフィアちゃんと私の体が地面に向かって落ちていく。

ソフィアちゃんがうまく着地してくれたから怪我はなかったけれど、逃げるはずだったのに元の場所に戻ってきてしまった。

たぶん、さっきの白い障壁《しょうへき》はソフィアちゃんが張ってくれたのだ。でもそれは飛行魔法と両立させられなくて、地面に落ちたのだろう……

「この速さ……私たちの飛行魔法じゃ逃げるのは無理かも……」

ソフィアちゃんが額《ひたい》に汗を浮かべながら絶望的なことを言った。

それってつまりこいつに勝たなきゃ、ソフィアちゃんたちの避難もできないってことですか？

魔法が効きにくい上に、物理防御もめちゃくちゃ高い、相性最悪の敵なのに？

こ、こんなの、どうせいっちゅうんじゃ……

「クリュート、俺と一緒に物理障壁《しょうへき》を張れ！　相手の攻撃を防御するぞ！　ミントは全体のフォロー、それからもしものときの回復魔法を頼む。リンクス、ソフィア、お前たちの魔法でなんとかダメージを与えろ！」

「はいはい、わかりましたよっと」

「わかった」

何もできないのに一人で焦りまくる私を置いて、逃げられないとわかった子供たちは冷静に対応していく。

スリゼルくんがみんなの指揮をとり、役割を割り振る。他の子供たちはすぐさまその指示に従って動き始める。

「ソフィア、風魔法の一番強いやつを唱《とな》えろ！　俺は炎魔法を唱《とな》える！　同時に撃つぞ！」

「わかったわ！」

ソフィアちゃんとリンクスくんは、アイコンタクトを取り、今までとは異なる長い詠唱《えいしょう》を始める。

普段、子供たちが使っていた魔法は、呪文を二言三言《ふたことみこと》唱えただけで、即座に発動するものばかりだった。今から撃つのはそれとはレベルが違うものだとわかる。

二人ともこれまで見たことがない真剣な表情だ。

その間、鉄の巨人がこちらを攻撃してきたが、クリュートくんとスリゼルくん、たまにミントくんも参加して白い障壁《しょうへき》を生み出し、その攻撃をぎりぎりながら受け止めていた。

敵の攻撃は強く、白い障壁《しょうへき》は一撃で破壊されていくけれど、スリゼルくんたちは冷静にそれを作り直し、相手の猛攻に耐えている。

すごい……。

この子たちってやっぱり、天才なんだと思う……。

普通の子供たちなら、たとえ同じ力をもっていたとしても、こんな状況に陥《おちい》ったら、とても冷静に対処なんかできないだろう。

でもこの子たちは、一人ずつでは手にあまるとわかったら、すぐに連携し始め、状況を変えてしまう。

そしてスリゼルくんたちが時間を稼いでくれたおかげで、ソフィアちゃんとリンクスくんの魔法が完成する。

「いくぞ！」

「うん！」

まずリンクスくんが腕を突き出すと、鉄の巨人の胸元に温度の高そうな白い火球《かきゅう》が現れた。

それに呼応するように、ソフィアちゃんが風の魔法を発動させる。

周囲の大気がうねり、リンクスくんの生み出した火球《かきゅう》のほうへと集まっていく。

次の瞬間、火球《かきゅう》が数度瞬《またた》き、大爆発を起こした。

轟音《ごうおん》が響き、あたりは黒い粉塵《ふんじん》に包まれる。

私も爆風に飛ばされかけたが、スリゼルくんが咄嗟《とっさ》に支えてくれた。

や、やったか……？

＊＊＊

私は心臓をバクバク言わせながら、その粉塵《ふんじん》がおさまるのを待った。

しかし、粉塵《ふんじん》がおさまる前に絶望はやってきた。

黒い煙の中から、鉄球が姿を現し、私たちを横薙《よこな》ぎに殴り飛ばそうとする。

「くっ……！」

スリゼルくんが咄嗟《とっさ》に物理障壁《しょうへき》を張って、それを防いでくれた。

「そんなっ……!? 炎の爆発と圧縮した大気の爆発、二つを合わせて熱と衝撃を集中させたのに！」

粉塵《ふんじん》が晴れると、そこには立っていた。あの巨人が。そのままの姿で。

ただ変化はあった。胸の装甲《そうこう》が融解《ゆうかい》している。

「ダメージはある！ さっきのを繰り返せ！ 俺たちが援護する！」

倒せるのか……？

ダメージはあるから、いけるのだろうか……？

確かに子供たちは敵の攻撃をぎりぎりとはいえ防ぎきっている。

なら、この手段を繰り返せば倒せるのかもしれない。

そう思ったとき、私は変なものに気づいた。

敵の腕の一本についてる大筒。その先端からオレンジ色の光が何度か漏れていた。

「ねぇ、スリゼルくん……あれって何？」

「エトワさま、今は……」

スリゼルくんは迷惑そうな顔でそう言いかけたが、私が指さした先を見て顔色を変えた。

たぶん、他の武器の動きに集中しすぎて気づかなかったのだろう。スリゼルくんたちは今まで必死に相手の攻撃に合わせて物理障壁《しょうへき》を張っていた。

「まずい！　全員、魔法障壁《しょうへき》に切り替えろ！」

スリゼルくんがそう叫んだ瞬間、あの大筒が真っ赤な光を放ち、あたりは一瞬にして炎の海と化した。

今まで遠くに見えていた森や空などの景色がまったく見えなくなり、めらめらと燃える炎だけが私たちの視界を埋め尽くす。遺跡の瓦礫《がれき》の中で、あの変な模様に守られていない部分が、どろどろと溶け始めた。あたりは地獄の様相だ。

私たちの周りには赤い障壁《しょうへき》が張られ、それが炎と熱を防いでくれていた。

「くうぅぅ……！」

「ぐぅっ……」

「ううぅっ……！」

子供たちはみんな手を前に突き出し、苦しそうな表情をしている。

全員でこの赤い障壁《しょうへき》を維持しているのだろう……

障壁《しょうへき》が守ってくれていても、ちりちりと防ぎきれない熱気が伝わってきていた。これがなかったらどうなっていただろうか。

私の額《ひたい》から汗が垂れる……

なんの力も無い私は障壁《しょうへき》の中で突っ立っていることしかできない。

そんな私の心眼に、周囲の炎の中から黒い影が浮かび上がるのが見えた。鋭く尖った針の形をした影が、リンクスくんの近くに現れる。

「リンクスくんっ！　危ない！」

私が叫んだ瞬間、炎の中から大きな針が突き出てきた。

「なっ……ぐはぁっ……!?」

リンクスくんは咄嗟《とっさ》に白い障壁《しょうへき》を張ったが防御しきれず、あの針が障壁《しょうへき》を貫《つらぬ》き、リンクスくんの腹を突き破る。

リンクスくんが口から血を吐きながら倒れていく。

ソフィアちゃんたちが動揺で叫ぶ。

「リ、リンクスっ……⁉」

私は慌ててリンクスくんに駆け寄る。

なんてこった……

この炎を出しながら物理攻撃までしてくるんか。そんなの反則やろ……

敵が炎の中から攻撃してきてるのに、子供たちは誰も動けない。魔法障壁《しょうへき》を張らなければ炎に呑まれて終わりだからだ。

さらにリンクスくんの分の障壁《しょうへき》が消え、一人当たりの負担が増してしまう。

子供たちはますます苦しそうになった。

唯一、自由に動ける私はリンクスくんの傷を看《み》るが、こんな怪我、止血の経験すらなかった……。一応、スカートを破いて傷口に巻いてみるけど、気休めにしかならないと思う。

そうしてるうちに、私たちを覆《おお》う炎にまた影が浮かび上がった。今度は縦に一本の線。

何かが来るとわかっていても、障壁《しょうへき》を張り続けてる子供たちはろくに動くことができない。

炎の中からあの大剣が突き出てきた。

その進路にはクリュートくんがいた。

咄嗟《とっさ》に物理障壁《しょうへき》を張るのが見えたけど、威力を殺しきれずその体が吹き飛ばされる。

私はクリュートくんが障壁《しょうへき》の外に投げ出されないように、慌ててその体を掴《つか》んだ。

「クリュートくん！　大丈夫⁉」

倒れ込んだクリュートくんの肩に手を置き、声をかけるが――

「がっ……あうっ……」

大剣の一撃によりぼろぼろで、クリュートくんはもう動けそうになかった。

そうしてるうちに、また黒い影が浮かび上がる。今度は、スリゼルくんの後ろに。

「スリゼルくん、後ろ！」

「くっ！」

スリゼルくんが振り返り、直前で白い障壁《しょうへき》を張るが、鉄球はそれを突き破り、スリゼルくんの体を殴り倒していく。

そのままスリゼルくんも立ち上がれない……

だんだんと炎の勢いは弱くなっているけど、障壁《しょうへき》を張れる子供は二人になってしまった。障壁《しょうへき》の力が薄れたせいか、中の温度がどんどん上昇していく。

「くうううっ！　あああぁぁぁぁぁああああああああああっ！」

ソフィアちゃんが叫んで両腕を横に突き出す。

赤い障壁《しょうへき》に不思議な白い光が付加された。中の温度が下がっていく。

たぶん、何か特別な力を使ったのだろう。その分負担も大きいらしかった。ソフィアちゃんは額《ひたい》に大汗を浮かべ、ぜぇぜぇと荒い息をつき始める。

こっちがぎりぎりもちこたえてるところで、ようやく炎がおさまっていく。

あたりを埋め尽くしていた炎の海が消え、鉄の巨人が私たちの前にまったく健在な姿を現す。

それなのに、こちらはさっきの攻防戦で三人の子供が倒れ、動けなくなっていた。

あっ……。

あかん……！　あかーん！

全滅コースだ……これ……！

全滅……？

うせやろ……。

死ぬんか……？　みんな……。

私だけじゃなく、子供たちまで……？

死ぬ……

みんながみんな完璧ないい子というわけではなかった。でも、私より優秀な子でも、小生意気な子でも、どこか子供らしいところがあって、そこがかわいらしかった。ソフィアちゃんとは仲良くなれて、家を出たあとも友達でいてくれたらなぁって思っていた。

それが……みんな死んでまうんか……?

将来有望で、いろんな人から期待されていて、ちょっと問題児なところはあっても、優秀な子たちだったのに。

全部、こいつに殺されてしまうんか……?

確かにリンクスくんたちは悪いことをしたかもしれないけど……でも子供ならそういうこともあるじゃないか……

そんな風に間違いながら少しずつ大人になっていくもんじゃないか……

ソフィアちゃんとスリゼルくんにいたっては、本当にいい子で、私に言われて仲間を止めに来ただけなのに……

みんな死ななきゃいけないほど悪いことなんかしてないじゃんか……

こんな痛くて辛くてひどい目にあわなきゃいけないことなんかしてないじゃないか……

なのに……

こんな化け物に殺されてしまうんか……。斬られて、突かれて、殴られ、焼かれ……痛い思いして……死んで……

そんな……。そんなぁ……

そのとき私はハッと気づき、ミントくんのほうを振り返って言う。

「ミ、ミントくん、回復魔法を！」

「ああ」

私なんかが言う前にすでに準備していたらしい。ミントくんの両手から青い光が生まれて、重傷を負った子供たちを癒《いや》し始める。

ままま、まだ慌てるような時間じゃない！

子供たちが起き上がれるようになったら、なんとか逃げる方法を……

今度は私がオトリにでもなって、なんとか、なんとか……逃げてもらって……

そう考えていたとき、横から黒い小さな何かが飛んできて、ミントくんの首にガシャンとはまった。それは黒い鉄製の首輪だった。その表面には遺跡と同じ模様が描かれている。

その瞬間、ミントくんの手から出ていた青い光が霧散《むさん》してしまう。

普段無表情なミントくんが自分の両手を見ながら、絶望の色を浮かべて呆然と呟《つぶや》く。

「魔法が使えない……」

えっ……

うっ……あ……

ああっ……

「エトワさま、下がっててください……。危ないです……」

ソフィアちゃんが苦しそうに息を吐きながら、私の前に立つ。その表情にはどこか諦《あきら》めと、それでも私だけでも守らなければという覚悟があった。

赤い目でこちらを見る巨人が、巨大な剣を振り上げた。

私は――

「うあああああああああぁあああぁあぁ！」

「エトワさま⁉」

叫びながら駆け出し、巨人の大剣の前に身を晒《さら》す。

そして、みんなをかばうように両手を広げた。

あとから冷静に考えると、この行動まったく意味なかった。

＊＊＊

冷静に検証しよう。今、めちゃくちゃ重くてめちゃくちゃ速くてめちゃくちゃすごい威力の剣が振り下ろされています。

その剣の先にスライム並みのステータスの私がいて、その後ろに子供たちがいます。

さて、この子供たちは助かるでしょうか。

結論から言って無理がある。とてもじゃないけど助からない。大剣は一切減速することなく私を切り裂いて、そのまま子供たちにぶち当たるだろう。

だから本当に意味がなかった。

完璧に意味なかった。

まじで意味なかった。

超意味がなかった。

なのに……

意味があったのだ！

大剣の刃が私の眼前に迫ったとき、優しい風の音とともに周囲が緑色の風の壁に包まれた。

それは子供たちの物理障壁《しょうへき》ですら貫《つらぬ》く鉄の巨人の一撃を、ガキンッと弾《はじ》いてしまったのだ。

な、なんだこれはぁ……!?

同時に私の中に、なんだかちょっと力が湧き上がってくるのを感じる。

これは、ここで私の隠された力が目覚めてしまったか！

ってそんなわけがない。

私の胸元で風の大精霊石が光を放っている。

それは空中に浮かび上がり、今までにない強い光を放っていた。

これが……大精霊石の力……

私を中心に半径二メートルぐらいの風のドームができて、私と子供たちを包んでいる。

そしてその風のドームは敵の攻撃を確かに防いでくれていた。

これって、もしかして……助かった……？

と思ったが、そんなに甘くねぇ！

鉄の巨人が壁に向かって攻撃を繰り返すたびに、緑色の壁が少しずつ薄れていく。

消耗式かよ、これ！

私はソフィアちゃんとミントくんを振り返って言った。

「今のうちに逃げよう！　二人とも動けない子供たちを運んで！」

「は、はい！」

「わかった」

どうやら大精霊石は私の身体能力も強化してくれるらしい。

家でごろごろしてばかりのもやしっ子だった私が、リンクスくんを抱えて走り出す。

ソフィアちゃんはクリュートくんを、ミントくんはスリゼルくんを抱えてついてきてくれる。

風のドームは私を中心に展開されていて、走ってもついてきてくれた。

しかし、鉄の巨人は私たちを追いかけ、壁を攻撃し始める。

あああ、もうしつこい！

こいつから逃げられるとは思ってなかったけど、実際にやられるとちょっと腹が立つ。

さて、どうするか。このまま走っていたら、大人のいる場所までたどり着けるか？

というか、こんな物騒なやつ、連れていっても大丈夫なのだろうか。ああ、でも子供たちが助かるなら、それしか手段ないよね。大人に頼るしか……

ああもう、どうしたらいいんだよー！

走りながら考えていると、胸元から声がした。

「おい……」

私が抱きかかえているリンクスくんだった。

ミントくんの回復魔法が少しは効いたのか、出血はだいぶおさまっている。でも、体力の消耗が大きいのか、かなり苦しそうだった。

「なにっ、リンクスくん」

もしかして不安なのだろうか。ならばこんな状況でも元気づけてやらねばなるまい。

そんなことを思ってると、リンクスくんは言った。

「俺を置いてけ……。俺があいつを引きつける。そうすれば逃げるための時間が稼げるだろ……」

「は、はぁ？」

「こうなったのも、もともと俺の責任だ。だから俺が死んでも時間を稼ぐ。お前もそれなら文句ないだろ……。早く俺を離せ……」

「あっ……」

「あ……？」

私は叫んだ。

「あほかぁああああああああああああああああああ！」

そのまま子供相手に怒鳴り散らす。

「文句ならあるわボケェ！　あんた何様じゃあ！　そんな気軽に死ぬ死ぬってあんたね。お父さまはあんたに期待して後継者候補にしたのに。あんたの家の人たちだって、期待して送り出してくれただろうに。たくさんの人があんたに期待して、世話して、守って、育ててくれてたのに、それなのにあんたの命はこんなところであっさり投げ出していい命だったって言うんかい！　調子に乗るのも大概にしろこのガキ！　ふざけんな！　ボケェ！　バーカバーカ！」

こっちは全力疾走しながら必死に助かる方法を考えてるのに、愚《ぐ》にもつかないような案をごちゃごちゃ言われたせいでキレてしまった。

「…………」

リンクスくんが黙りこくる。

ふっ、たわいのない。

子供同士の口げんかなんて、それっぽいことをこっちが全面的に正しいと信じて大声で言い切ってしまえば勝てるのだ。

はい、論破！

私の勝ちー。

ざまぁぁぁぁぁ！

リンクスくんは体力の限界だったのか、そのまま意識を失ってしまった。

ふぅ、これでようやく逃げるのに集中できる。

そう思った瞬間、ソフィアちゃんがこけた。

私は慌てて立ち止まる。

「す、すいません……エトワさま……すぐに立ち上がります」

ソフィアちゃんの顔色は真っ青で、息も絶え絶えで苦しそうだった。

ああ……たぶんもう限界なのだ……

くそぉ……

どれだけ私たちのためにがんばってくれたのだろう。

魔力も体力も尽きかけて、そんな状況でもクリュートくんを抱きかかえて、ついてきてくれて……

ミントくんのほうもきつそうだった。

魔力が封じられてる上に、一番重いスリゼルくんを抱えて走ってくれていたんだもんね……

どうする……

どうする……？

私がオトリになって引きつけて、その間に逃げてもらう？

それで何人助かる？

気絶しているリンクスくんは誰が避難させる？

もう一人抱える体力なんて、もうソフィアちゃんにもミントくんにもないぞ。

そもそも、私がオトリになったからといって、体力の尽きかけたこの子たちがちゃんと逃げ切れるのか。他の子を抱えたまま。

じゃあ、動ける子供たちだけで逃げさせる……？

それでも逃げ切れる？

仮に逃げ切れたとして子供のうち三人も死んで、助かるのは二人？

ああ、それは少なすぎる……

もうちょっと助けたい。できればもう少し。本当は全員助けたい。助かってほしい。

リンクスくんに啖呵《たんか》を切ったくせに情けない……

力が……

力があれば助けられるのに……

こんなやつぶっとばして子供たちを助けられるのに……

でも、そんな都合のいいものは私の中にはなくて、敵の攻撃に風の壁が薄れていき、刻々とタイムリミットが迫っていた。

決断しなきゃいけないのか……。せっかくリンクスくんを偉そうに論破してやったのに、誰を助けて、誰を見捨てるのか……そんな……

そう思ったとき、声が聞こえた。

『おい、どこだ……』

遺跡の不気味な音声とは違う、渋い男性の声。

『どこにいる……！　おい……！』

この声は……！

その声を聞いた瞬間、私の中に、転生前の記憶が、鮮やかな色彩をもってさっと蘇《よみがえ》ってくる。

まさかまさか……！

私は信じられないと思いながらも、空に向かって叫んでいた。

「ここです！　ここだよー！　ここにいますー！」

何もない空にぴょんぴょんとアピールしながら、急に叫び出した私。

それを見て、ソフィアちゃんが肩を掴《つか》んで泣きそうな表情で声をかけてくれる。

「エ、エトワさま！　落ち着いてください！　私がエトワさまだけでも必ず助けてみせます！　だから今はとにかく落ち着いて！」

頭がおかしくなったと思われたらしい。

いやいや、違うって！

誤解だよ、誤解。

焦っていたら男性の声から返信があった。

『そこにいたか！　まったく世話を焼かせてくれる！』

「すいません！　実はピンチなんです！　ちょっと急いでくれませんかー！」

『なに!?　このアホめ！　そこで待っていろ！』

ああ……信じられない……

生まれてからこの歳になるまで思い出すこともできなかったのに。

だから来てくれるなんて……思ったこともなかったのに……

まさか……こんなタイミングで……来てくれるなんて……

「エトワさま！　どうか正気に……！」

肩を揺さぶるソフィアちゃんを振り返り、私は言った。

「ソフィアちゃん……助かるよ……」

「えっ……？」

私の顔は緊張が解けたのと安堵《あんど》とで、涙と鼻水でぐしゃぐしゃになっていた。

「私たち全員助かるよ……みんなだすかる……！」

感極まって最後、変な声になってしまった。

声の主がどんどん近づいてくる気配を確かに感じ取りながら、私は最後とばかりに空に向かって叫んだ。

「ここでーす！　天輝《てんき》さぁぁぁん！」

『ああ、わかっている！　着いたぞ！』

空から私の掲《かか》げた手の先に白い光の鳥が舞い降りてくる。

それは静かに私の指に止まると、一振りの剣になった。

『間に合ったか！』

「はぁああああい！　ベストタイミングです！　さすが天輝さん！　さす天！」

『お世辞《せじ》はいい！　敵を倒すぞ！　さっさと力を解放しろ！』

「あいー！」

太陽の化身と呼ばれる鳥を象《かたど》った、美しい一振りの剣。

それを鞘《さや》から抜き放ち、思い出したその真の名を唱《とな》える。

「天輝く金烏《きんか》の剣！」

その瞬間、私の中で神さまからもらった力が解放された。

＊＊＊

回想ー！　回想ー！

私は今さっき思い出した記憶を振り返る。

目を開けると、そこは光に包まれた場所だった。

何もない空間で、オーロラみたいな光が、ふわふわと色を変えながら、私の周囲を漂《ただよ》っている。

私は察した。

あ、これやばいやつだ。たぶん臨死《りんし》体験とかいわれるアレ。

そう思ってたら、光の向こうから一人の少年が歩いてきて、にこにこと笑いながら私に言った。

「ようこそ転生の間へ。僕はここの地区担当の神さまだよ。おめでとう。君は生まれ変わることが決定しました！」

あ、死んでた。

臨死《りんし》体験とか飛び越して死んでた。

でも神さまはやたらノリが明るい。

「それでね、君の場合、今まで生きてたのとは異なる世界に転生することになるんだけど、ちょっとした特典がついちゃうんだよ。内容は自分で選べるんだけど、転生後のステータスを高くしたり、普通の人はもっていない特別なスキルを手に入れたりできるよ！」

なななななな。

それってまさか！　噂《うわさ》に聞く。

「もしかして転生チートで世界最強になれちゃったりしますか!?」

「いや～、さすがに最強までは～」

あ、そうですか。

つい調子に乗りました。すみません。

「いや、でもかなりいい感じにはなれるよ。準最強クラスとかそこらへんはいけるんじゃないかな。君の選択次第だけど」

おーおーおー。

うかそれでいろいろ手続きがあるんだけど、まずは時間かかりそうな作業からやっていこうか」

そう言うと神さまは私に銀色の石板みたいなのを渡してきた。

って、これ○○パッドだ。○○パッド。林檎《りんご》のマークの。

しかもPRO。

「最近はどこも電子化が進んでてね。天界でも導入してみたんだ」

あ、○ッ○○ペンシルもある。

噂《うわさ》通り鉛筆みたいに書ける！　すごい！

「うんうん、すごいよね。それじゃあ、そこのアプリを開いてくれるかな」

私が指示されたアプリを開くと、なんかゲームで見覚えのある画面が出てきた。

これゲームのキャラメイクだ。

「特典の副賞みたいなものなんだけど、次の世界での容姿を選べるんだ。十八歳ぐらいの容姿を基準にして決めてもらうんだけど、これが時間かかる人が多くてねぇ」

なにその特典すごい。

来世での容姿を選べるって、その時点でチートじゃないっすか。

「一応、両親の遺伝子を参考にするから制限はあるよ、特に髪色とかはね。けど、あとは結構自由に決められるよ」

ふぉおおおおおお！

すごい。

そもそもデフォルトからして、前世の私より圧倒的にかわいい。

なんだこの遺伝子は。

髪の色は憧《あこが》れの金色に。

前世が純日本人なので申し訳ない気もしてくるが、ここで遠慮してなるものか。

私の考えた最高のかわいい子にしてやるんだぁあああ！

私はキャラメイクに見事のめり込んでいった。

そして三時間ぐらい経過したあと。

「できたぁー！」

私の考えた最高にかわいい女の子！

金色のさらさらの髪にグレーの瞳の、オーソドックスだけど、貴族の女の子って感じの子！

金色の髪は母親譲《ゆず》り、グレーの瞳は父親譲《ゆず》りらしい。

かわいい！　かわいい！

「おつかれさまー」

ありがとうございます。

神さまも私のがんばりを労《ねぎら》ってくれた。

「それじゃあ、次はステ振りいってみようか。スキルもそこで取れるよ」

ステ振りって言っちゃってる。もう完全にゲームだこれ。

わかりやすくていいけど。ステ振り、つまりステータスの振り分けってことだよね。

私が神さまの指示でアプリを切り替えると、またもやゲームでよく見るステータス画面が出てきた。

ポイントを使ってステータスを上げていく方式だ。『スキルを取得』のボタンもあって、押すとずらーっとたくさんのスキルが出てくる。

って、ポイントめっちゃ多い！

億を軽く超えるぐらいあるポイントを見て驚愕《きょうがく》する。

ちょっと不安になった私は手をビシっと挙げて神さまにたずねてみた。

「すみません、神さま！　おたずねしたいことがあるのですが、よろしいでしょうか！」

「うん、いいよ」

「なんでこんなにポイント多いんですか？　そもそも特典って言われても、私前世ではそんな立派なことした覚えありませんけど」

前世ではいたって普通の日本人だったのですー。

それを聞いた神さまは少し悩むような仕草をして私に言った。

「うーん、見てもらったほうが早いかな」

神さまは後ろを振り返ると、誰かに声をかける。

「ごめーん、ちょっと演出用のオーロラ切ってくれる？」

神さまの指示で、周りをふわふわ漂《ただよ》っていた光がパッと消える。

演出だったんだ、あれ。

周囲が真っ暗になると、神さまはどこからともなくプロジェクターを持ってきてスイッチを入れた。

「君は朝歩いてるとこを居眠り運転のトラックに轢《ひ》かれて死んだんだけど」

それはまたオーソドックスな。

神さまの言った通りの映像をプロジェクターが映し出す。

「トラックに衝突して飛ばされた君の体が、バスジャックされていたバスの窓に突っ込んで犯人を倒していったんだ」

なにこれ、私の死体すごい。

次に、白衣を着た科学者らしきおじさんの映像が現れた。

「そのバスには本当に効果のある発毛剤を研究している科学者が乗っていたんだけど、本来はこのとき犯人に殺されるはずだったんだよ」

おおー……。

……すごいのそれ？

実感できない私の前に、今度はアラブの石油王みたいな格好をした人が倒れてる映像が出る。

「さらに反対側の窓を突き破って飛び出した君の遺体は、お忍びで日本にやってきた石油王が心臓麻痺《まひ》で倒れているところに落下。その衝撃で石油王が息を吹き返したんだ」

なんだこのピ○ゴラスイッチ。

「そのおかげで命が助かった石油王は、恩義を感じて発毛剤の研究に多額のお金を寄付。そしてついに本当に効果のある発毛剤があの世界に生まれたんだ」

ほうほう、ここで科学者の伏線《ふくせん》が生きてくるのか。

「この発毛剤を求めて、世界中の大金持ちが日本に殺到。今まで貯め込んだ大金を使いまくった結果、日本は空前の好景気に。その影響は世界にも波及《はきゅう》してワールドワイドで経済が上向きになり、紛争や貧困問題がどんどん解決、君のおかげでたくさんの人が幸せになったんだよ」

すごいぞ、私の死体。

私自身は何もやってないけどな！

むしろ科学者と石油王のおかげじゃないかそれ。あと発毛剤。

「いや、君がトラックに轢《ひ》かれ、すごい速度で吹っ飛んでいったことをきっかけに、世界が幸せな世界線に突入したんだよ。貧しい国が豊かになり、飢えに苦しんでいた人が救われ、危険で過酷な労働に従事していた人たちが安全で健全な仕事につくことができるようになり、たくさんの命が救われたんだ。そのきっかけになった君は、聖なる存在として信仰され、そのパワーは君の転生のポイントの半分くらいを占《し》めているんだよ」

どうしてそうなった。

でも理由はわかった。

私はもう一つ気になっていたことを質問する。

「すみませーん、私のおっとさんとおっかさん、あと私を轢《ひ》いちゃった運転手さんはどうなりました？」

どうしようもないことかもしれないけど、この三人が不幸だったらやだなぁ、なんて思う。

「ああ、君のお父さんとお母さんは君が亡くなったときはひどく落ち込んでいたけど、時間とともに立ち直って仕事をがんばり、好景気のおかげもあって会社の取締役にまで出世。高齢ながら三人の子宝にも恵まれて幸せに暮らしているよ。君を轢《ひ》いちゃった運転手さんは誠実に罪を償《つぐな》ったあと、居眠り運転の原因にもなってしまった労働環境の厳しい会社をやめ、好景気のおかげでもっと条件の良い会社に就職して、今は安全運転を心がけて幸せに暮らしてるよ。こんな感じだけど、どうかな」

うーんっと、えっと。

「みんな幸せそうでよかったです！」

私は右手をサムズアップして自分の気持ちを伝えた。

「うんうん、ということでポイントは遠慮なく使っちゃってよね」

「はーい」

ほぼまぐれで手に入れたポイントだけど、神さまも言ってるし遠慮なく使わせてもらおう～。

ステータスを自由に割り振れて、スキルも取れるんだよね。どうしよっかなぁ。

こういうのは大別して三種類あるよね。

魔法使いタイプ、戦士タイプ、それから万能タイプ。

賢《かしこ》く判断するなら万能型だけど、ちょっと前にステ振りができるゲームにはまっていた私は、特化型にしてみたい衝動がうずうずと込み上げてくる。

特化型なら戦士タイプかなって思う。

魔法使いは防御力が弱いから、危ないんだよね。かっこいいけどさ。

ダメージを受けるとすぐ死んじゃう。

その点、戦士なら安心。防御力が高いから、平和で安全な暮らしが約束されています。

ＲＰＧでも最近の戦士の地位向上は目覚ましく、昔は『たたかう』コマンドしか選択できない地味な職業だと言われていたけど、今はスキルがたくさんあったり、魔法使い以上にかっこよかったりするんだよね。

むふふ。

私は○ッ○○ペンシルで戦士っぽいステータスを連打し始めた。

おおー、すごい。みるみる上がるぞ。

あとは遠距離攻撃できるスキルと、対魔法のスキルを取っておいたほうがいいよね。あ、これもかっこよさそう。取っちゃうか。

いい感じいい感じ。

できたー！

ステ振りを終えて、画面をキャラメイクのほうに戻したとき――

「うぎゃぁあああああああああああああ!?」

私は悲鳴をあげた。

「どうしたの？」

悲鳴を聞きつけた神さまが、○○パッドを覗《のぞ》き込んできた。

そこにはいた。大きく盛り上がった大胸筋《だいきょうきん》、ドレスの袖《そで》を破らんばかりの上腕二頭筋《じょうわんにとうきん》、アームホールをミチミチにしている三角筋、ドレスの上からでもわかる鋼鉄の腹筋。ムッキムッキになった私のアバターがそこにいた。

「えっ、ステータスを戦士特化にしたの？　そりゃそうなるよ」

信じられない光景に涙目になって震える私に、神さまが呆れた顔で言う。

いや、でもいくらなんでもひどいよ！

せっかく三時間もかけて一生懸命作った女の子が、世紀末な世界で覇者《はしゃ》になれる逸材になってるよ。

「そう言われても、バランスってものがあるからねぇ。むしろ、それだけステータス盛りまくって、この程度でおさまったことを感謝すべきだと思うけど？　軽くドラゴン並みの腕力してるよ、転生後の君」

うっ。そ、それはそうかもしれないけど……

でも……

でも……

私はガシッと神さまのズボンの裾《すそ》にしがみつき、拝み倒す！

「なんとかなりませんか、先生！」

「えええぇ、先生って君ねぇ」

「お願いします！　先生！　ムッキムッキじゃないのがいいんです！　かわいい子に転生したいんです！　ぶっちゃけゆるふわモテかわガールになりたーい！」

「君の性格だと、それは逆立ちしても無理じゃないかな。君ってわがままだよねぇ……でも、うーん……」

神さまは少し考えたあと。

「じゃあ、こういうのはどうだい？　君の転生後のステータスのほとんどを、特別な剣に封じておくんだ。そして剣を抜いたときだけ力を解放する。それなら常時、力を保持しているわけじゃないから、ここまでムキムキにならずにすむと思うよ」

「それでお願いします！」

私は神さまの提案に飛びついた。

神さまもほっとして、なんか異空間みたいなものに手を突っ込んで、ごそごそし始める。

「う〜ん、そういう用途に最適なのは……。これかなぁ」

そう言って、神さまは一振りのきれいな剣を取り出した。

光の鳥の紋章が彫られたサーベル型の剣。

「この剣は天輝っていうんだ。まだ特別な力はないけれど、とても大きな器《うつわ》をもつ神剣だよ。ここに君の力を込めて、半身にする」

「よろしくね、天輝」

私は目の前に置かれた剣をつんつんして挨拶《あいさつ》をした。

この子がこれから私の半身となってくれるらしい。そう考えると愛着が湧く。

返事はないけれど、天輝のほうからもなんとなく挨拶《あいさつ》が返ってきた気がした。

「君の力が伝わったね。代わりにその剣が君に伝えたもの、それが天輝の真名《まな》だよ。力を解放するときはその名を呼べばいい。これで君とその剣は一つの存在になった。君の膨大《ぼうだい》なステータスの大部分はこの剣に封印されている。だから普段は一般人と同レベルのステータスしかない。その剣は絶対に手放しちゃだめだよ」

「はーい！」

私は元気な声で返事をした。

それからもろもろの手続きが終わり、ようやく転生できるようになった。

ほとんど書類にサインする形式だったけど、書類の数は結構多かった。海外旅行の手続きの二倍ぐらい。

「いろいろお世話になりました！　それじゃあいってきまーす！」

最後の書類にサインを終えた私は、神さまに深々と頭を下げて挨拶《あいさつ》すると、テンションあげあげで、神さまに教えてもらった転生の泉へと向かう。

古いものだから作りがちょっと気が利いてなくて、特に手前の看板が危ないからぶつからないようにと注意されたのを覚えている。

そんな私の耳に、神さまの焦った声が聞こえてきた。

「ちょっと君！　剣！　剣！」

「あっ……」

私の半身である天輝は、サインするときテーブルに置いたまま放置されていた。

「って前も注意！」

後ろを振り返った私に、神さまが慌てて言う。

へっ？

次の瞬間、ごんって鈍《にぶ》い音がして、視界が真っ暗になった。

最後にぽちゃんと水に落ちる音がした。

＊　＊　＊

以上が、公爵家になんのとりえもないやつが生まれてきた顛末《てんまつ》である。

天輝さんという半身を忘れてきた私は、この世界でチートなしで一生を過ごさなければならないはずだった。

でも、来てくれたのだ。

わざわざこの世界に、天輝さんのほうから。

話したことはなかったけど、声を聞いたらすぐにわかった。

私の力を分け与えた半身だから。この声は彼の声だって。

たぶん天界からここまで一人で旅をして、やってきてくれたのだ。子供たちと一緒に絶体絶命のピンチに晒《さら》された私のもとに。

なんて健気《けなげ》な子なんや！

天国と現世の永《なが》いキョリを越えての再会に熱い愛と感動を感じる。

あと記憶を思い出したせいで、頭がズキズキする。

絶対に看板で頭打ったよね、あれ。

『その通りだが、痛みは気のせいだ。それよりさっさと敵を倒すぞ！　このアホ』

しゃべる言葉はなんだかそっけないけど――……。きっとその中には私への愛が溢《あふ》れてるはず。

私は鉄の巨人と対峙《たいじ》する。

子供たちがやられてるのに何もできなかった無力な私。

でも、今なら体の中には天輝さんが届けてくれた力が溢《あふ》れていた。

この力があれば、子供たちを守れる。

鉄の巨人が大剣を振り上げ、私たちに向かって振り下ろす。

風の大精霊石の結界は、ついにその力を使い果たし、消えてしまっていた。

でも、私は剣を持った右手で、敵の大剣をあっさりと受け止める。重みで地面が数センチ沈むけど、私の体には一つのダメージもない。

私はそのまま左手で握りこぶしを作り、鉄の巨人の腹に打ち込む。

どごんっと鈍《にぶ》い音がして、鉄の巨人が吹っ飛んでいった。

『いい判断だ。後ろの子供たちは護衛対象か。なら気をつけろ。今危険なのはお前自身の力だ』

「うん」

まだ力に慣れてない。

ここで剣を振るうと、子供たちまで巻き添えにしかねなかった。

だから、距離を離させてもらった。

「エ、エトワさま……?」

鉄の巨人を片腕で吹っ飛ばした私を、ソフィアちゃんが呆然と見つめる。

そんなソフィアちゃんを振り返り、私は握りこぶしを作りながら、安心させるように笑う。

「待っててね。あんな迷惑ロボット、すぐに倒してくるから!」

「ろ、ろぼっと……?」

ソフィアちゃんと話してる間に鉄の巨人が距離を詰めようとして、六本足を沈ませる。

させるか!

私は地面を蹴り跳躍《ちょうやく》した。瞬間移動のように、鉄の巨人の前に出現する。

まあ、ただジャンプして移動しただけなんだけど。

鉄の巨人が慌てて対応しようとする。遅い。

軽く振った剣が相手の腕を二本破壊する。

反撃に大剣を横振りしてきたけど、身をかがめて回避した。

するとあの大筒に赤い火が灯《とも》った。

さて、どうしよう。あれを避《よ》けたら、ソフィアちゃんたちに当たるかもしれない。

そうなると……

私は転生したときに取ったスキルの中に、魔法を切れるものがあったことを思い出す。

『よし、そのスキルを発動するぞ。魔刃《まじん》』

頭に天輝さんの声が響く。

『斬れ』

「おう」

大筒から炎が放たれた瞬間、指示通り私は剣を振るう。

溢《あふ》れ出した炎の海が、モーゼの海みたいに割れ、斬撃《ざんげき》の余波が炎の中を走り、大筒を破壊した。

鉄の巨人が震えるように鳴く。

『さて、肩ならしはこれぐらいでいいだろう。終わらせろ』

天輝さんの言葉に、私はようやく今日初めて本気で剣を構えた。

鉄の巨人を睨《にら》みつけながら言う。

「よくも子供たちに痛い思いや怖い思いをさせてくれたね。いい子と言える子ばかりじゃないけど、一年間一緒に過ごして、遊んで、わがまま言われて、かばってもらって、楽しかったんだ！　許さない！」

鉄の巨人が大剣を振りかぶる。

それを遥《はる》かに上回る速度で、私は剣を振り切った。

風を切る音とともに剣は相手を真っ二つに切り裂き、そのまま衝撃波でばらばらの塵《ちり》に変えていく。

迷惑だったあの鉄の巨人は跡形もなくこの地上から消え去ったのだった。

私はそれを見届けると、急いでソフィアちゃんのところまで戻る。

「ソフィアちゃんたち、大丈夫だったかい？」

「は、はい、私たちは平気です！」

とりあえず、怪我とかがなくてよかった。

見るとミントくんの首輪も外れてる。

「ミントくん、リンクスくんたちに回復魔法をお願いできるかな。私、そういうのさっぱりで」

「ん……わかった……」

ミントくんがリンクスくんたちに回復魔法をかけてくれる。

ミントくんの回復魔法はリンクスくんたちの体の傷をどんどん癒《いや》していった。

やっぱりこの子たちすごいねぇ。

三人の意識はまだ戻らないけど、すーすーと穏やかな寝息を立てている。

とにかくもう、みんな大丈夫みたいだ。

ふう。私も安心して息を吐く。

誰も死なないですんだ。それが一番よいことだ。

天輝さんのおかげだね。

そう思って天輝さんのほうを見たとき、私はあることに気づいて声をあげてしまった。

「ふぁっ!?」

「ど、どうしました!?　エトワさま」

ソフィアちゃんが慌てて近づいてくる。

「い、いや目が……。私の目が開いてない!?」

「は、はい、開いてますね……」

剣に映ってる私の顔。

その目が確かに開いていた。

生まれてからずっと閉じっぱなしだった私のまぶたが開いて、灰色の瞳が覗《のぞ》いていた!

なにこれ!

『戦闘中には開くようになっている』

天輝さんの説明はシンプルだった。

えっ、そんなシステムなの、これ。

しかも私の目、ただ開いてるだけじゃない。なぜか右目が赤く、光を放っているのだった。

その光は、私の頭がゆらゆら揺れ動くたびに、赤い尾を引きながら移動するのだ。

某国民的狩猟ゲームに出てくるナのつくモンスターと同じ感じのエフェクトだ。

かっこいいんですけど。

私、超かっこいい!

「天輝さん！　天輝さん！　なんなんですかこれ！」

テンションの高くなった私は発光する右目を指して、理由を知ってそうな天輝さんにたずねてみる。

『ああ、それは説明してやってもいいが、それよりもあの子たちが、お前に何か聞きたそうにしてるぞ』

天輝さんに言われて子供たちのほうを見ると、起きている二人がじーっとこちらを見ていた。

なぜか緊張と困惑が入りまじった表情で。

「あの、エトワさま……」

久しぶりに本来の意味で目が合うと、ソフィアちゃんが遠慮がちに私に聞きたそうにしてくる。

「なになに？　どうしたの？」

どうしたー？　水くさいぞー。

私とソフィアちゃんの仲ではないか。遠慮なくなんでも聞いてくれたまへ。

そんな態度を取られると、距離を感じて哀《かな》しい。

「あの、本当に、エトワさまですか……？」

ズガーン。

一年間一緒に暮らしてきたのに他人行儀な言葉にショックを受ける。いや文字通り他人扱いされたわけだけど。

「わ、私、何かやらかしましたか!?」

私がショックを受けたのを見て、ソフィアちゃんは慌ててフォローする。

「あっ、ち、違うんです。ただ、すごい力を見てしまったから……びっくりしてしまって……すみません。その、エトワさまは、なんであんなすごい力を隠しておられたんですか？　あんな力があるなら公爵家の跡継ぎに一番ふさわしい方だと思います。あれだけの力があれば、周りの人たちからのエトワさまに対する扱いだって……」

いやいや、隠すつもりはなかったんだけどね。置き忘れただけで……

でも跡継ぎにふさわしいっていうけど、それもどうだろう。

そもそも私自身のパウワァーじゃないし、相変わらず魔法は使えないし、やっぱり何も変わらずソフィアちゃんたちが一番の候補じゃないんだろうか。

お父さまも今さら娘が妙な力隠しもってましたって言われても、後継者失格を言い渡したあとなんだから逆に困るよねぇ。

「エトワさまは、いったい何者なんですか……？」

「俺も気になる……。見たことのない尋常《じんじょう》じゃない強さだった。下手をしたら十三騎士《じゅうさんきし》や四公爵《よんこうしゃく》に匹敵《ひってき》しかねない力をもってるように感じる」

子供たち二人の疑うような視線。

んっ……この質問どう答えたらいいんだ……？

だって私を一言で表すと一般人だ。

いやいや、突っ込みどころがあるのはわかるよ。神さまからチートもらってる立場だし。

でも例えば、女神さまが出てきて「あなたは勇者です、特別な力を授けましょう」と言われてチートな力を授かったなら、その人は「私、勇者なんです！　てへ！」って名乗れるだろう。

けれど、私はそうじゃない。だって誰からも勇者になんて任命されてない。

私が勇者を名乗ったらそれは詐欺《さぎ》である。

じゃあじゃあ、神さまからチートをもらった一般人はなんと名乗ればいいの!?

『私、一般人なんです！　てへ！』

怪しい……。あの鉄の巨人を倒したあとではなおさらだ。

そもそも一般人は一般人と名乗らない。

下手をすると『私はただの一般人なんだけどな、やれやれ』ともったいぶってるやつと思われて好感度が下がってしまうかもしれない……

せっかく気さくな主《あるじ》を演じて、こつこつ上げていた私の好感度が……

私は天輝さんにこっそり聞いてみた。

「天輝さーん、天輝さん、私って何者なんですかぁー？」

『さあな。忘れ物が多い人間ではあると思うぞ』

あーん、まだ怒ってらっしゃる。

挙動不審になった私を、二人がちょっと緊張した顔で見ている。

エー　チガウヨー　ワタシ　アヤシイモノジャ　ナイヨ。

どうする、私。

いくら考えても私は一般人にすぎない。

しからば、一般人としか答えようがない。

でも、一般人と答えると――

こちらをじーっと見て答えを待つ二人。

――あんまり納得してもらえない気がする。

でも、考えれば考えるほど、私は一般人だ。

例えば私がどんなに料理がうまくても、家で料理を作ってるだけでは料理人は名乗れない。その場合、私にできることといえば料理好きの一般人として、朝のクッキングの番組に多少出演することぐらいなのだ……くっ……

そもそも私はほとんど料理できないですけどね。

たとえ話なんです！

この質問に答える難しさの原因はなんだろう。

たぶん、相手の期待する答えと、私の答えに落差がありすぎるのだ。

街中《まちなか》で芸能人に間違えられたとき。芸能人と答えたら相手は喜んでテンションあげあげかもしれないけど、私は嘘つきになってしまう。でも芸能人ではないと答えたら、相手はがっかりしてしまう。

いや、でもその場合、正直に答えたほうがよくね？

だって私、芸能人じゃないじゃん。

うーん……

これは神さまからチートをもらって生まれてしまった一般人たちに用意された、世界からの難問だ。

何者だという問いに、いかに答えるか。

一般人の概念《ロゴス》が私を囚《とら》え、答えのない迷宮に引きずり込んでいく。

ああ私は一般人。されど一般人と名乗ることは許されず。

ならば汝《なんじ》は誰。

そのとき私の悩みをまったく救ってくれない天輝さんが、私に警告した。

『来るぞ』

「はい、来ますね」

私も強化された感覚でなんとなく同じことを感じてたので頷《うなず》く。

「エトワさま……?」

「ちょっと下がっててね。危ないかもしれないから」

不思議そうに首をかしげるソフィアちゃんとミントくんを守れるような位置に立つ。

響いてきたのは、あの遺跡の不気味な音声だ。

『強大ナル敵性存在ノ出現ヲ確認! 竜《リュウ》キ兵《ヘイ》ト予測スル! 全戦力デ撃退セヨ!』

どうやらまだ戦うつもりらしい。本当に迷惑な観光施設だ。

『お前の記憶を読み取った限り、観光施設ではないがな』

ソフィアちゃんが敵の声を聞いたあと、私を見ながら言ってくる。

「エトワさまは、りゅ、竜キ兵……?」

あ、これだ。

「ええ、竜キ兵です！」

嘘をつきました。

ミントくんも真剣な表情で呟《つぶや》く。

「竜キ兵……」

うん、嘘だよーん。

でも、一般人って解答しても、ただ怪しいだけだからね。

ここはもう、ぼろぼろに壊れた遺跡の因縁《いんねん》っぽい相手でも名乗るしかない。

名前がわかると人は安心するものだ。相変わらず正体が不明だとしても。

この世界で五年ぐらい暮らしてきたけど、聞いたこともないし、たぶん著作権も切れてるだろう。

すみません、本物の竜キ兵さん。

遺跡の模様がまた赤く輝き出すと、今度はボコォボコォと地面から敵が湧き上がってきた。

さっき倒したのと同じ鉄の巨人が百体ほど。

「ひっ……」

「……っ!?」

ソフィアちゃんが短く悲鳴をあげ、ミントくんも息を呑む。

私は天輝さんにたずねる。

「天輝さん、子供たちを守れるバリアーとか張れませんか？」

『そんな便利な能力、私たちにはない』

ですよねー。

「ということは」

『子供たちが攻撃される前に斬れ』

「了解!!」

私は出現した敵に剣を構える。

「光波《こうは》を最大でお願いします、天輝さん」

『わかった。スキル、光波《こうは》を発動させる』

スキルの発動を確認した私は、剣を間合いの遥《はる》か外から一閃《いっせん》させた。

すると剣先から巨大な光の斬撃《ざんげき》が発射され、軌道上の敵をばらばらに破壊していく。

近接職の戦士の弱点である、遠距離をカバーするために取ったスキルだ。とりあえず発動させて剣をぶんぶん振れば、光の刃《やいば》が敵を倒してくれる便利なスキル。

最大出力で撃ったせいで三割ぐらいの敵を呑み込んでくれたから、あとは七十体ぐらいかな。

『残り六十八体だ』

うん。

『敵性存在ハヒトリ！　ターゲットヲ集中セヨ！』

それは好都合。

ターゲットを私に絞ってくれたらしいので、私は地面を蹴って敵の中心に移動する。

何かあったときのために、二人のほうに気配りしつつも、敵に囲まれた状態で新たなスキルの発動を要請した。

右目から出ている赤い光の残像が、ソフィアちゃんのところから移動した場所まで残る。

「爆塵《ばくじん》と光破《こうは》をどっちもお願いします！」

『了解、多重起動した』

私が円状に剣を振るうと、巨大な光の軌跡が周囲に生じる。その軌跡内にいる鉄の巨人の体は真っ二つに割れた。

さらに斬られた鉄の巨人が爆発を起こし、周りを巻き込んで消えていく。

こういう能力って当時ハマってた作品がわかるよねぇ。

『残り二十八体だ』

天輝さんの声に続いて、遺跡のあの音声が焦るように叫ぶのが聞こえる。

『危険！　危険！　脅威ドガ竜キ兵ヲ超エテイル！　カ、壊滅ノ危機！』

心のある存在だったのかはわからない。

でも一言だけ言わせていただくと。

ひたすら迷惑な存在でした！

「こんな迷惑な観光施設、今日限りで閉鎖じゃこらぁあああああああ！」

『観光施設ではないがな』

私はスキルを発動した状態で、敵を遺跡ごとめった斬りにした。

鉄の巨人が爆散し、変な模様の力で形を保っていた遺跡が斬撃《ざんげき》でガンガン壊れていく。

そして一分後、ばらばらになった鉄の巨人たちと、本物の瓦礫《がれき》と化した遺跡がそこにあった。

「ふう、今度こそ終わったー」

ひと仕事終えた気分になって、さわやかに額《ひたい》の汗をぬぐう。

『ああ、さすがにもう敵意はないようだ』

襲ってくる敵も、ぶっそうな遺跡も、私の攻撃でぼろぼろになった。

「エトワさまー！」

そんな私のところにソフィアちゃんが駆け足でやってくる。

その表情には笑顔が戻っていた。

「エトワさま、私わかりました！」

わかってしまったかい。

そうさ、私は一般じ――

「私、少し怖かったんです。エトワさまのすごい力を見てしまって。エトワさまが私の知っているエトワさまではなくなった気がして。でも私たちを守るために戦ってくれたエトワさまの姿を見て気づきました。エトワさまはいつも通りの優しいエトワさまなんだって」

天使の笑顔を浮かべての言葉に、私の心も温かくなる。それとともに気づいた。

そうだ。私は一般人ではない。エトワなのだ。

神さま、あの問いの答えがわかりましたよ。え、別にどうでもいい？

ソフィアちゃんは嬉しそうな顔で私に言う。

「この力のことをクロスウェルさまにお伝えしましょう。そうすればエトワさまが、あんな冷遇を受けることはないはずです！　額《ひたい》の印だって、きっと消す方法が！」

そう言われて、この力があれば、異世界での私の立場も変わるのかと気づく。

それと同時に、私はある夜、子供たちの誰かが泣きそうな声で、お母さんに公爵家の当主になってみせると誓っていたことを思い出してしまった。

もし、私なんかが公爵家の後継者に返り咲けば、あの子の望みを絶ってしまう。

「……ごめん、この力のことは秘密にしてくれないかな……」

考えた末、喜んでいるソフィアちゃんには悪いけど、私はそう頼んだ。

「え、なんでですか……?」

他にもいろいろ理由があった。

この額《ひたい》の印は、公爵家としてはかなり重要な決断なのだ。もし、間違いだったなんて噂《うわさ》が広まったら、ただでさえ迷惑かけてる家にもっと迷惑かけないだろうか。

それにソフィアちゃんだって、私の力のことで喜んでくれるけど、本心では公爵家の後継者になりたい気持ちを押し隠してるかもしれない。

「エトワさまはそれでいいんですか……?」

「うん、その方向でなにとぞお願いします!」

一年間、後継者候補の子たちががんばっているのを見てきた。

彼らの中から、誰かが後継者に選ばれてほしい。

そういう気持ちが私の中にはあった。

けれど、ソフィアちゃんはみるみる悲しい表情になる。

あぁぁぁぁ、ごめんよぉ？

優しいソフィアちゃんには辛い話だったのかもしれない。

それでもソフィアちゃんは頷《うなず》いてくれた。

「わかりました。エトワさまがそう願っていらっしゃるなら」

「ありがとう」

私はほっとする。

それからミントくんのほうを見て同じようにお願いする。

「ミントくんも秘密ね。お願い」

「わかった……」

この子の場合、どういう反応かわからないから、ちょっと怖いけど、了承は取れたから大丈夫だよね？

不思議なところがある子だけど嘘をつく子ではない。

＊＊＊

あのあと、私たちは別荘に戻った。

服がぼろぼろになってたり、リンクスくんたちが気絶してたりで、別荘の大人たちは大騒ぎになった。当然、理由を聞かれた。

全部、嘘を話すわけにはいかない。

リンクスくんたちとは口裏を合わせてないし。だから、前半はほぼ真実を話し、最後の私が鉄の巨人を倒したところだけ嘘をついた。

残念ながら別荘旅行は中止になり、お父さまにも報告が必要とのことで、急いで飛空《ひくう》船《せん》で公爵家に帰った。

「以上があのとき起こったことです。クロスウェルさま」

執務室に呼ばれた私は、別荘で話したのと同じことをお父さまに説明した。

それをお父さまは静かに聞いたあと、口を開く。

「そうか。護衛役の子供たちの報告も、ほぼ同じ内容だった。問題はないだろう」

護衛役の子たちは私より先に呼び出され、一人一人話を聞かれていた。

たぶん、この問題は王家にも報告する必要があるのだろう。

「あの……」

私は珍しく自分からお父さまに話しかけた。

「なんだ、エトワ」

お父さまは少し驚いた表情をすると、用件を聞き返してきた。

「リンクスくんたちはどうなりますか？」

事情を説明するとき、リンクスくんたちが勝手に立ち入り禁止区域に入ったことは伏せておいた。彼らの経歴にとって汚点になってしまうだろうから。

でもリンクスくんたちは自主的にそのことを話してしまったようだ。私がソフィアちゃんたちと口裏を合わせた嘘の事情を説明すると、「そこは偽《いつわ》らなくていい。本人たちから真実を聞いた」と訂正されてしまった。

確かに今回の原因を作ったのはリンクスくんたちだ。でも誰が予想できただろうか。あんな子供の手に負えないようなモンスターが出てくることを。

「今回の騒動の原因が彼らの行動にあることは厳然《げんぜん》たる事実だ。守るべき主《あるじ》を自《みずか》ら危険な場所に招き入れることなど、護衛役としてあってはならないことだ。評価の低下はまぬがれないだろう」

「そうですか……」

私の落ち込んだ表情を見て、お父さまは言った。

「だが、あの子たちはまだ若い。今回の件で評価を下げたのは事実だが、今後成長し評価を挽回《ばんかい》すれば当主に選ばれる可能性は十分にある。少なくとも私は彼らがそれに値《あたい》するように成長したならこの家の跡継ぎとして推挙させてもらうつもりだ」

その言葉を聞き、ほっとする。

どうやら彼らの将来にとって致命傷にはならなかったらしい。

ただ、当主を決めるのはお父さまの評価だけではない。公爵家はとても大きい家だから、いろんな人間の思惑が絡んでくるのだろう。

でもお父さまがあの子たちの成長を見守っていくと言ったので大丈夫かなと思う。

「あと……すみません。これなんですけど」

私は胸元から風の大精霊石を取り出す。

それは初めて渡されたときのような輝きを失い、灰色の石になっていた。

たぶん、あの戦いで力を使い果たしてしまったのだろう……。石に込められていた力はもう感じられない。

この石がなければ、私たちは天輝さんが来るまえに死んでいた。感謝してもしきれない。

しかし、結果的には公爵家の家宝の一つを壊してしまったことになる。

「公爵家の家宝である風の大精霊石をお預かりしたのに、こんな風にしてしまってすみません」

お父さまは、輝きを失い灰色になってしまった石を確認すると、怒るでもなく非難するでもなく、ただ「そうか」と呟《つぶや》いた。

「その大精霊石は私たちの祖先である一人の男が風の大精霊と契約したとき渡されたものだ。渡す相手がずっと安全で無事に暮らしていけますようにという願いが込められたものらしい。お前たちを守って力を使い果たしたのだから、その石も本望だろう」

当主でもない私がそんなの使っちゃって大丈夫だったのだろうか……

でも結果的には跡継ぎ候補の子供たちを守れたからよかったのか。

「護衛役についてはどうしたらいいですか？」

石が力を失ってしまった以上、価値はほぼなくなってしまっただろう。

今までは私が家宝を所持していたからこそ、護衛役が成り立っていたけど、その関係性も崩れてしまった。

「とりあえず家宝を渡すということは一族の会議で決定していたが、壊れたときの処置は決めていない。価値は失ったが家宝は家宝だ。その石はそのまま持っておけばいいだろう。この家を継ぐ者の選定のためとはいえ、わざわざ危険を招き寄せるものを渡すのも適正な判断ではなかったかもしれない。この件は検討し直したいと思う。我々も焦りすぎていたようだ。すまない」

「い、いえ……」

まさか謝られるとは思わなかったので、びっくりしてしまった。

「クロスウェルさまが風の大精霊石を私に渡してくれたおかげで、みんな無事でした。ありがとうございます」

「感謝されるようなことではない」

たぶん家宝を渡すのは一族で決めたけど、どの家宝を渡すのか選んだのは、きっとお父さまなのだろう。

私はなんとなくそれがわかった。

報告は終わり、私は丁寧に頭を下げて部屋を出る。

とりあえず、これでいろいろな問題が片付いた。

肝心の大精霊石もその価値を失ったから、子供たちが私を護衛する頻度《ひんど》もかなり下がるんじゃないかと思う。

子供たちにとってはよいことじゃないだろうか。私のせいでリンクスくんたちの行動は制限されていたから、ストレスが溜まっていた面もあると思う。

でも本音を言うと実はちょっとさびしい。

この一年間はべったりだったからねぇ。

自分の部屋に戻るために廊下を歩いていると、通路の先に五つの人影があった。

護衛役の子供たちだ。

もしかして待っていてくれたのだろうか。

私の姿を見つけて、ソフィアちゃんが駆け寄ってくる。

「エトワさま、大丈夫でしたか？」

「うん、普通に話を聞かれただけだったよ～」

どうやら心配してくれていたらしい。

本当にこの子はいい子だねぇ。ちゃんと口裏も合わせてくれたみたいだし。ミントくんも合わせてくれたみたいだし、ひと安心だ。

ふぅ、これでもう全部安心なんだねぇ。

気を抜いた私は、廊下の絨毯《じゅうたん》につまずく。だってお値段が高いから毛足が長くて足が引っかかるんだもん。

こけるーっと思った私の体を、誰かの手が支えてくれた。

びっくりして上を向くと、なんと体を支えてくれたのはリンクスくんだった。

「何やってるんだよ、気をつけろよ」

「ご、ごめんねぇ」

今までは私がこけても、ペルシェールでグロッキーになっても基本放置だったのに。

びっくりしている私に、リンクスくんはさらに驚くべきことを言った。

「ほら、昼飯まだだったろ。食堂行くぞ、エトワさま」

さ、さまぁ!?

私のことをいつもエトワって呼んでたリンクスくんが、エトワさまって!?

「悪いものでも食べたかい？　それとも熱がある？　まだ怪我が痛む？」

私は思わず心配して、リンクスくんの額《ひたい》と自分の額《ひたい》に手を当てて熱をはかってしまった。

うーん、ちょっと熱い？　でも平熱かな？

リンクスくんはそれにむかっとした顔をすると、私のほっぺを両手で掴《つか》んで引っ張った。

「俺があんたにさまをつけたらおかしいのかよ！」

いだーい。さまをつけてるわりには敬意が足りなーい。

「お、おがしぐありません。ただびっくりしちゃって……」

「くっ……」

リンクスくんは少し気まずそうに顔を逸《そ》らした。

あ、頬が赤くなっている。照れているのかもしれない。

「ちょっと来てくれ。お前たち、エトワと二人で話させてくれ」

リンクスくんは私の手を引くと、他の子供たちの足止めをし、二人にしか会話が聞こえない場所に移動した。

それから私に聞く。

「なぁ、俺たちを助けた剣士ってどんなやつだった？」

あのとき、私たちは突如現れためっちゃ強い謎の剣士に助けられたということになっていた。そして謎の剣士は名前も名乗らず、さわやかな笑いを響かせながら颯爽《さっそう》と去っていった。馬鹿らしい説明だけど、あの状況を矛盾《むじゅん》無く説明するならそれしか嘘のつきようがない。

むしろ子供たちだけであれを撃退したと話すよりは現実的だから、今のところ疑いの声はあがっていなかった。表面上は。

「うーん、どんなやつって言われても、とっても強かったとしか。あとかなりのイケメンだったかな」

「そ、そうか……」

なんだ。謎の剣士に興味があったのか。

それならもっと設定を練っておいたほうがいいかもしれない。リンクスくんのために。

とりあえずさわやか系イケメンであることは私の中で決定した。

よさげな設定を考えてると、リンクスくんはなぜか頬を染めてまた目を逸《そ》らし、頬を掻《か》きながら私に言った。

「俺もそいつぐらい強くなる。今はまだ弱いけど、大人になったころには、必ず強くなってあんたを守れる男になってみせる」

うんうん、男の子って強さに憧《あこが》れるよね。

いいことだと思う。

「それで、ずっとあんたのことを守り続ける。だから……見といてくれよ。いいな？」

どうやら言いたいことはそれだったらしい。

私はちょっと笑ってしまいそうになった。

だってリンクスくんが大人に成長するころには、私の護衛役は終わってるからだ。

きっと強くなることを意識しすぎて、そこまで考えが至らなかったのだろう。子供っぼくてかわいいところもあるものだ。

あえて指摘はしなかった。揚げ足取りになっちゃうしね。

強くなるため、がんばってほしい。そうしたら、将来の公爵家はリンクスくんが継ぐことになるかもしれない。その力はきっとみんなのために使われるのだろう。

「うん、応援してるね」

「あっ……ああ……！」

話が終わって、リンクスくんはまた私の手を引っ張った。

「それじゃあ、昼飯に行くぞ……エトワさま」

「うん、リンクスくん」

風の大精霊石は壊れてしまったけど、護衛役の子たちとの絆《きずな》は深まった別荘旅行だった。

＊＊＊

ボロボロになった遺跡の前に三人の人物が立っていた。

黒いローブを着た壮年の男が一人、同じ黒いローブを着た若い女が一人、それから、めがねをかけた文官らしき青年が一人。

若い女はなぜかガラスの容器に入ったパフェを食べている。

それを見ためがねの青年が嫌そうに顔をしかめた。

「何を食べてらっしゃるんですか、ディナさま」

「いやぁ、公爵家の別荘に事情聴取に行ったとき、お腹すいたって言ったら侍女の人たちが用意してくれてねぇ。残すのは悪いから、いただいてきたのよ」

そう言いながらも、ディナと呼ばれた女はパフェを離さない。

周囲を吹く風に、女のショートカットに切られた猫っ毛気味の赤毛が揺れる。

めがねの青年は彼女の言葉に眉《まゆ》を上げ、困った表情で言った。

「そういうときは遠慮して断ってください。あなたもすでに王家十三騎士《おうけじゅうさんきし》になったんですから、少しは自覚というものを……」

「はいはい、ユーリスくんはお堅いねぇ」

ユーリスと呼ばれた青年の言葉を、ディナは聞き流す。それからパフェを口に入れるのを一旦やめ、遺跡を見渡して呟《つぶや》く。

「はぁ、百年ぶりに遺跡が起動したとかなんとか言われて呼び出されたと思ったら、まさかこんな廃墟《はいきょ》になっちゃってるとはねぇ」

「ディナ、お前はどう思う？」

そこで今までしゃべらなかった男が初めてしゃべった。

ディナの上司であり王家十三騎士の筆頭でもある――この国最強の魔法使いを選ぶとするなら必ず候補にあがる男。

名前はベリオル。だが部下たちにはマスターと呼ばれている。

何の色にも染めようがない漆黒《しっこく》の髪に、ほとんど表情を変えない鉄仮面。

ライバルといわれるシルフィール公爵家のクロスウェルもあまり感情を出さない人物だが、表情の無さについてはこちらが確実に勝っていると言われるほどだ。

声は地の底から響いてくるのかと思うほど低い。

ディナはこの男がマスターと呼ばれるようになったわけを知っていた。

表向きは王家十三騎士のリーダーだからだと言われているが、この渾名《あだな》をつけた男は、下町の靴屋の頑固親父である職人《マイスター》に似ているからだと酒の席で告白していた。

「マスター、どうもこうもないっすよ。めっちゃ強い剣士が現れて、エンシェントゴーレムを全部倒していったと聞いたときは、どんなオカルトジョークが流行《はや》ってるのかと思いましたけど……」

そこでディナは言葉を切り、皮肉げに笑う。

「この光景を見たら、その話に一定の真実がまじっていることは信じざるを得ないですね」

元は遺跡だった瓦礫《がれき》と一緒に転がる、ばらばらになったエンシェントゴーレムたちの体。

原形を留めてないものがほとんどであるが、形を保っているものには剣による傷跡らしきものが残されている。

それより顕著《けんちょ》なのは遺跡のほうかもしれない。

何万年もその形を保っていたはずの床や壁をずたずたに切り裂いているのは、巨大な斬撃《ざんげき》の跡だった。

「魔法による傷跡の可能性はないのですか？」

ユーリスが見たことのない景色に圧倒されつつ、ディナとベリオルに確認するように問う。

「そりゃ、ありえないってことはないけど、少なくとも魔法でこんな傷跡つけながら戦うってのは逆に手間だろうね。そんな術式、見たことないよ」

「ああ。この規模の敵をもし魔法使いが倒そうと思うなら、相当の規模の魔法を使う必要がある。破壊跡は距離に応じた一様なものになるはずだ」

残された破壊の跡は強大でありながらも気まぐれすぎた。

まるで力試しというように。もしくは感情任せに切り裂いたかのようだ。

「は、はぁ……」

ユーリスは二人の話を聞きながら、遺跡を破壊し尽くした剣の跡らしきものを見た。

あらためて信じられないものを見た気がして呆然とする。

「まあ、案外、三英雄《さんえいゆう》なんかがふらふらそこらへんを歩いていたのかもね」

「ディナさま、その名前は……」

「ここは貴族の目もないんだから、堅いこと言わないの」

「僕は一応、貴族の一員ですよ。最下位の男爵家ですが」

「あれ、そうだったっけ」

「そうです……」

ディナは軽い調子でユーリスと会話しながら、気の抜けた表情で笑い呟《つぶや》いた。

「しかし、もう年代もわからないほど昔の遺跡かぁ。しつこいやつですねぇ。一体ってとこですか」

「えっ……？」

ユーリスはディナが何の話をしてるのかわからず戸惑う。

そんなユーリスの後ろから、あの鉄の巨人が、ぼこぼこと湧き上がった。

「うわああっ」

ユーリスが悲鳴をあげる。

しかし、ディナは振り返りもせず、冷然とした瞳だけを鉄の巨人に向けて呟《つぶや》いた。

「黒渦《こっか》」

鉄の巨人の体を呑み込むように、漆黒《しっこく》の球体が出現する。

それは魔法を防ぐ力があるはずのエンシェントゴーレムの装甲《そうこう》を、あっさりと歪《ゆが》ませ、その体を一瞬にして呑み潰していく。

エンシェントゴーレムは一撃で全壊した。

ディナはにっと笑いながら、ベリオルに目を向ける。

「残り一体はお願いしますよ、マスター」

「訂正しておく。全部で三体、残り二体だ」

ベリオルの後ろに出現したエンシェントゴーレムに、巨大な鉄の槍《やり》が突き刺さる。

クリュートが召喚《しょうかん》したものと同じだが、それはしっかりとエンシェントゴーレムの体を突き破り、その動力源を破壊していた。

そしてもう一本が森のほうに飛んでいく。

大きな鈍《にぶ》い音がしたあと、鉄の塊《かたまり》が周囲に飛び散った。

「ありゃ、これは失敬」

ディナは額《ひたい》をペシッと叩いて道化《どうけ》る。

そんな二人の姿を見ながら、ユーリスは唾《つば》をごくりと呑み込んだ。

（あのエンシェントゴーレムを一撃で……。これが王家十三騎士。この国最高の戦力であり、誰もが最強候補に名を連《つら》ねる者たち……）

＊　＊　＊

唐突な話になるけど、この国には三つの最強とされる勢力がある。

それが王家十三騎士と、四公爵、そして三英雄だ。

王家十三騎士は名前がちょっと紛《まぎ》らわしいけど、王族ではない。王家に仕える十三人の魔法使いたちのことだ。

この国で最高峰の魔法使いのエリート集団であり、その筆頭であるベリオルという人については、国で最強との呼び声が高い。

王家が所有し使役《しえき》する最大の戦力であり、切り札でもある。

それから四公爵。

これは貴族たちの派閥《はばつ》のトップである四つの公爵家の当主のことだ。代々、強力な魔法使いを輩出《はいしゅつ》してきた家系で、その当主ともなれば国でも最高ランクの魔法使いたちばかりだ。ただ誰が一番強いかは世代ごとにばらばらで、今は我らシルフィール公爵家の当主であり、私のお父さまでもある、クロスウェルさまが最強であるといわれている。

いわゆる貴族という勢力の代表なので、一つの勢力と見なされているが、それぞれが派閥《はばつ》をもち、意思が統一されているわけでもないから、実際のところ四家の勢力はばらばらである。

中にはちょっと昔に、王家へ反乱を起こしちゃった一族なんかもいて、他の一族が止めに入ったりもしている。

そして三英雄。

これは平民たちのヒーローだ。冒険者のトップであるSランク冒険者の中でも、最高とされる三人がこう呼ばれる。

王家十三騎士、四公爵、三英雄。これらをまとめて三大勢力と呼ぶ。

え、ちょっとまて、三つあるから三大勢力だろうって？

それがちょっと特殊な事情がある。三英雄は平民のヒーロー。つまりは非公式の存在だ。

平民たちが王や貴族の最高位と並び立つ戦力をもっている。そんなの公式に認めてやるわけにはいかない。そういうわけで、これら三つの勢力を合わせて、二大勢力と呼んでいるのだ。

ちょっと哀《かな》しい王侯貴族たちのプライドである。

そんなつまはじきっこの三英雄だが、国の歴史にはがっつり関わってたりする。

百年前に王家に反乱を起こしたグノーム公爵家の当主——当時最強の魔法使いといわれ、王国史上でも五指に入るであろう強さをもつヴェルノームを倒したのは、当時三英雄の一人であったニョチボンである。

他にも三英雄の活躍は、民間の伝承としていろいろ伝わっている。

——以上が、学校入学に備えて私が自主的に勉強したこの国の歴史である。これでお受験も完璧。

まあ三英雄のとこは絶対にテストに出ないから、雑学なんだけどね。雑学をまじえたほうが覚えやすいだろうと、侍女さんが教えてくれた。

この中で私が目指せるのは三英雄ぐらいだよね。今のところ冒険者志望だしね。

「そういえば天輝さん、聞きそびれたことがあるんだけど」

『なんだ？』

私は気まぐれに始めた勉強を終え（投げ出し）、ベッドでごろごろしながら、天輝さんに質問する。

「天輝さんの名前の金烏《きんか》って、中国の伝説の鳥だよね。あれ、でも本に書いてあった読み仮名だと金烏《きんう》だったような」

『私は金烏《きんか》だ。金烏《きんう》ではない。それは恐らく別の個体。親戚みたいなものだろう。それだけか？』

「あ、他にも。ほら、私の目。戦闘のとき開いて、右目だけ赤く光ってたじゃん。あれ何？」

『あれはお前にとっての冷却機《ラジエイター》みたいなものだ。お前が力を解放するとき、私からお前に膨大《ぼうだい》な力を流し込む。その力をまず身体強化に使うから、お前の体はぎりぎり力に耐えられるが、決して良い状態ではない。だから左目から大気のマナを取り入れ、それを右目で体外に排出することによってマナの流れを作り出し、体内の力が熱となって暴走しないように冷却を行《おこな》っている。これによってお前の戦闘形態を安定させている』

うほぉぉ、そんな仕組みがあったのですか。

私は聞いてないから、神さまがそれを考えてたのは、私がひたすら生まれ変わるためのサインを書いていたときかもしれない。

『赤い光が出るのは、マナの放出が物質領域まで干渉《かんしょう》しているせいだろうな。大部分のエネルギーは、無干渉《むかんしょう》のマナとして放出されているが、お前の場合、量が尋常《じんじょう》じゃないからそうなる』

ほー。ただのかっこいいエフェクトなのかと思ってた。

「もしかして私が目が見えずに生まれてきたのってそのため？」

『その通りだ。マナはそのままでは物質に干渉《かんしょう》しにくいとはいえ、微弱に干渉《かんしょう》することはある。目のような繊細な神経の器官があれば、激痛が走ったり、脳に多大な負担がかかる可能性がある』

「なるほどー。でもそれならわざわざ目にしなくても……」

目って大事じゃん。

五感でもよく視覚が一番重要って言われるし。

いや、心眼をもらってるから不都合はないけど、それでも目が見えないことを心配されたりはする。社会的にはちょっと不便ではある。

それなら目じゃなく別のとこでもよかったのではないだろうか。

『いいのか？』

やたら迫力がある声で、天輝さんが聞き返してきた。

「えっ……え……？」

『マナの還流《かんりゅう》を起こすためには、体内のエネルギーが外界と接触している器官を使う必要がある。例えば、目、耳、鼻、口などだ。もし目を選ばないのなら、他の器官を代わりにすることになる。その場合、耳や鼻や口から、謎の光を垂れ流しながら戦うことになるが、それでもいいのか？　見た目を重視するお前のために、元の世界の漫画なんかを参考に目を選んでやったが、なんなら今から変更してやってもかまわんぞ』

「目でお願いします、天輝さん」

私はベッドの上で土下座することになった。

＊　＊　＊

話は変わって、私は転生する直前のことを思い出していた。

あの天輝さんを置き忘れて頭を打って、そのまま転生した事件のときのことだ。

「あのとき私、何か持ってたんだよねー」

たくさんのサインを書き終わったテンションに身を任せ、転生の扉に飛び込んだとき。

私は確か、右手に何かを持ちっぱなしだった。

「あっ、〇ッ〇〇ペンシルだ」

思い出した。
サインしたあと握ったまま、転生の泉に落ちてしまったのだ。
でも、あれ以来見ていない。生まれたときも持っていなかった。
どこに行ってしまったのだろう。
そう思っていると、天輝さんの声が響く。
『それならば、お前の魂に同化している』
「同化⁉」
『そうだ。呼び出してみたらどうだ』
「呼び出せるんですか⁉」
天輝さんから方法を聞いて、実際に呼び出してみることになった。
ベッドの上で右手を掲《かか》げ、その名を呼ぶ。
「〇ッ〇〇ペンシルさん！」
ポンッ。
すげぇ、出てきた！
〇ッ〇〇ペンシルだよ、〇ッ〇〇ペンシル！
本体がないから意味が無いよ！　〇ッ〇〇ペンシル！

『私も同じ方式で呼び出せる。あくまで魂に同化しているときだけだがな』

なるほど、だから天輝さんの姿も見えなくなっていたのか。天輝さんの場合、意思があるせいか、自主的に現れたりもしてたけど。

私は右手に出てきた白くてスマートなペンを見て少し和《なご》む。

気づかなかったけど、この世界に生まれてから、ずっとそばにいてくれたんだね。

そう考えると、なんだか愛着が湧く。頬を寄せてすりすりしてみた。

ひんやりすべすべしたプラスチックみたいな感触がした。

使いどころは一切ないけど愛《いと》おしい。

「天輝さん！」

ついでに私は天輝さんを呼び出してみる。

『なんだ……』

嫌な顔をしながら出てきてくれた。なんだかんだ世話焼きっぽいところが好き。

私は○ッ○○ペンシルさんと天輝さんをベッドに並べ、お茶を用意して中心に置くと、空いたスペースに自分も正座した。

お茶を囲むすべてが私の半身であり自分。つまり自分会議だ。

「えーっ、こほんっ。いろいろありましたけど、こうして縁があってここに揃《そろ》ったわけですから、これからは私たちで異世界での人生を、一生懸命がんばって楽しんでいきましょう！」

私の人生の目標は平凡でもいい、楽しく健康で過ごしたいよね。

そしてとりあえずファンタジー世界に生まれたんだし、ファンタジーなことをしてみたい。

まず、冒険者なんか目指してみようかな。

みんなでがんばろうー！

おー！

『仕方ない……。お前のフォローをがんばるか……』

天輝さんがため息まじりに呟《つぶや》く。

○ッ○○ペンシルさんは話せないから答えてくれないけれど、なんとなくがんばるって言ってくれてる気がした。

そういうわけで三人（？）揃《そろ》っての異世界生活スタートである。

第四章　学校入学

今日は入学式。

私たちもついに学校に入ることになりました。

学校があるのはルヴェンドと呼ばれる町だ。この国では三番目の大きさの町で、ルーヴ・ロゼという校名の、国で一番大きな学校がある。あ、ちなみに一番大きいのは生徒数ではなく、施設の規模である。

それ以外にもいくつか学校があり、学校に付属する研究施設があり、私塾などもある。いわゆる学園都市みたいな感じの町だ。

ルーヴ・ロゼは貴族の子息たちのほとんどが通う学校なので、だいたいの貴族はルヴェンドに別宅をもっている。

私も一週間前から、ルヴェンドの公爵家別宅に移り住んでいた。

ルヴェンドは若い子たちに人気の商業施設から、美しい自然に恵まれた場所まで、いろんなところがあるいい町だった。

ついに入学の日の朝を迎えた私は、ルーヴ・ロゼの小等部の制服に着替える。

「エトワさま、準備はできましたか？」

「うん、ちょうど着替え終わったところだよ～」

私の部屋にソフィアちゃんが迎えに来てくれた。

ソフィアちゃんもすでに制服を着ている。

フリルで少しだけ装飾されたシャツに、上品なえんじ色のベスト、チェックのスカートを穿《は》いて、首には高級な質感のスカーフをしている。

う～ん、ソフィアちゃんによく似合ってる。かわいい。

二人で一緒に、みんなとの集合場所に行く。といっても、家の門なんだけど。

門まで来ると、もう見慣れた四人の男の子たちがいた。

でも、格好は目新しい。

男の子たちも学校の制服を着ていた。男の子の制服は私たちが穿《は》いているスカートをズボンにして、胸元もかっこいいネクタイに変えた感じだ。

「待たせちゃってごめんよ～」

私とソフィアちゃんはちょっと小走りで四人に合流する。

リンクスくんが私を少しの間じーっと見て、それから目を逸《そ》らして言った。

「か、かわいいぞ。その……似合ってる……」

「どーもどーも」

リンクスくんはあれからかなり変わった。

私がまざるときは危険な遊びはしなくなったし、護衛のときはしっかりとそばにいてくれるようになった。

きっと公爵家の跡継ぎを目指して、心機一転がんばり始めたのだろう。私を仮の当主として、尊重してくれている。

別に、こういうときのお世辞《せじ》まで言わなくていいと思うけどね。

「それでは学校まで送迎《そうげい》いたします」

公爵家付きの御者《ぎょしゃ》の人が一礼をして言う。

学校には馬車で行くらしい。

車通学みたいでちょっと気恥ずかしさがあるよね。でも、貴族の間では普通らしい。

大人しく馬車に乗り込む。

それから馬車に揺られること二十分ぐらいで学校が見えてきた。

白い壁に囲まれた広大な敷地の中に、煌《きら》びやかな建物がいくつも並んでいる。これで一つの学校らしい。

制服を着た生徒たちが、歩いて校門に入っていく。

あれ？　馬車通学って一般的じゃなかったの？

馬車から降りると、校門に入ろうとしていた人々がざわついた。私たちに視線が集中する。

馬車通学で悪目立ちしてしまったせいではない。

こちらに向けられたのは、どちらかというと羨望《せんぼう》と憧れ《あこが》の視線だった。

「あれはシルウェストレ五侯家《ごこうけ》のご子息さまたちよ」

「今年入学されるっていうのは本当だったのか……」

「きゃー！　スカーレット侯爵家のリンクスさまだわ！　まだ幼いけど噂《うわさ》通りかっこいい！　憧《あこが》れてしまいますわ！」

「クリュートさまもいるわ！　以前パーティーでお話ししたことがあるの。とても気さくで優しい方だったわ」

「その隣はミントさまよ。男の子なのに女の私たちよりかわいらしくて、うらやましい」

「ああっ、スリゼルさま……。一緒の学校に通えるなら一度ぐらいはお話ししてみたい……。でもきっと無理ね。身分が違いすぎるもの……」

「あれは、ソ、ソフィアさまだ……。まるで天使のように美しい」

あ、ちなみにリンクスくんたちが私を囲むように立ってるせいで、私たちに視線が集まったとしか表現できなかったけど、私を見ている人は一人もいません。空気です。

私は学校に入るまで家に引きこもり気味だったけど、リンクスくんたちにはちょくちょく社交パーティーなんかのお誘いがあって、実際に参加したりしていた。

なので彼らを知っている人がたくさんいるわけである。

正直、六歳とは思えない人気だよ……

もはやアイドル並みだ。

リンクスくんたちはそんな視線にも慣れてるのか、動じることなくさっさと学校に入っていく。

動揺してるのは私だけだ。

正直、こんな人たちと一緒に登校したくねぇなぁ。やばいよ、世界が違うよ。

私はリンクスくんたちとまったく無関係の人間のふりをすべく、なるべく気配を消して、たまたま歩いていた新入生ですって感じを出しつつ、たまにリンクスくんたちのほうを見てびっくりした顔をしたり、ふらっとオーディエンスに加わったりしながら、リンクスくんたちと一緒に学校に入っていった。

リンクスくんたちの威光が強すぎるせいか、校舎に入るまで私に気づいた人は一人もいなかった。

　ふぅ、ミッションコンプリート。

＊＊＊

　校舎に入ると、視線も少し落ち着いた。

　私は五人に手を振る。

「それじゃあ、私は教室に行くねー」

「ちょっと待て」

「ぐえっ」

　さっさと別れて教室に行こうとする私を、リンクスくんがスカーフを握って止める。首がしまった。

「あっ、悪い。でも、どこに行くんだよ」

「どこって自分の教室だよ！」

　私は涙目で、当たり前のことをリンクスくんに告げる。むしろ理由を説明してから行こうとしたよね。ほら、教室に行くねーって。

いったいなんでこうなった。

「は？　教室はこっちだろ？」

「そっちはリンクスくんの教室でしょ？」

「は？」

「え？」

私とリンクスくんがお互いに顔をつき合わせて首をかしげる。

それをフォローするように、ソフィアちゃんとスリゼルくんがリンクスくんに話す。

「リンクス、私たちとエトワさまは教室は別です」

「そうだぞ。俺たちはプラチナクラス、エトワさまはブロンズクラスだ」

ルーヴ・ロゼでは入学試験の結果と魔力、それから家柄なんかを考慮してクラスが決められる。プラチナクラスは名前の通り、最上位の特別なクラスだ。才能、家柄、魔力、すべてが揃《そろ》った子たちが選ばれる。

一方、私はブロンズクラスという一番下位のクラスである。

う～ん、勉強はがんばったんだけどなぁ。ただ魔法の試験は0点だし。

いや、でもリンクスくんたちより頭も悪いし納得の結果だ。

リンクスくんが顔をしかめる。

「じゃあ、護衛はどうすんだよ」

「いやいや、学校ですよ？　護衛いらないでしょう」

私は顔の前で手を振り、リンクスくんの懸念《けねん》を否定する。

仕事熱心なのはいいですけど、学校内ですよ。危ないことなんてあるはずがない。

私はあらためてリンクスくんの変わりように感心しつつも、いきすぎた護衛への熱意に否定的な見解をぶつけた。

「なにあの糸目《いとめ》の女」

「なんでシルウェストレの方たちと長々と話してるの？」

リンクスくんと話していると、後ろからひそひそと呟《つぶや》く女の子たちの声が聞こえた。

うおぉ、これはやばい。

「じゃ、じゃあねっ！」

まだ不満げな表情をしているリンクスくんや、ソフィアちゃんたちに手を振ると、私は廊下を駆け出す。

貴族の子たちは早熟《そうじゅく》でやばい。

小学校の低学年でも、中学生ぐらいの子たちと話してる気分になる。

それと、まさかリンクスくんたちの人気がこんなことになってるとも思わなかった。

うーん、なんか入学前に考えていた学校生活とはぜんぜん違う感じになってきたぞ……

所詮は小学校。友達も二、三人はできて楽勝だと思っていたのに……

私は貼り出された紙の誘導に従って、廊下を歩く。

ブロンズクラスは一番人数が多いので複数のクラスに分かれている。貴族の子供たちのほとんどが入る学校だから、毎年入学人数が違うのだ。そして上位クラスに入れなかった子供はみんなブロンズに振り分けられる。

今年は五クラスあって、私は三番目のクラスらしかった。

三番目の教室に移動し、扉を開ける。

中では私と同い年ぐらいの子たちが楽しそうに談笑《だんしょう》していた。

そういえばこの子たちもリンクスくんたちと同じ社交パーティーとかに出てるんだっけ。じゃあ、すでに友達もいるよね。いや、その前に私とソフィアちゃんやリンクスくんたちのように家同士の付き合いで顔見知りなのかもしれない。

なんか友達作りのハードルが一気に上がった気がする。

私が教室に入ると、グループを作って楽しく談笑《だんしょう》していた女の子たちの視線が、ちらっとこちらを向く。

それから少しざわっとなった。

あ、なんかやばいぞ。この反応は。

「あれって……」

「本当だったんだ、公爵家の……」

「あれが噂《うわさ》の失格の印……？」

「じゃあ魔法が……」

ひそひそと噂話《うわさばなし》をしながら、女の子たちがちらちら視線を向けるのは、私の額《ひたい》に刻まれた印だった。

そりゃ目立ちますわな。大きく失格って書かれてるんですもの。

ちょっとおしゃれな装飾もあるし、書き方も筆記体っぽくていい感じという見解を出すこともできますけど、失格は失格ですもの！

リンクスくんたちといたときは彼らの威光で目立ってなかったけど、それがなくなるとどうやらこっちに目がいってしまうらしい。

やがてその反応は教室中に伝播《でんぱ》してしまう。

教室中の子供たちが私の額《ひたい》をちらちらと見て、ひそひそ話をしている。

とりあえず、あからさまに嘲笑《ちょうしょう》するなどの悪意はなかったが、とても良い反応とは言いがたい。

うーん……これは……

私は黒板に書いてあった自分の席に座って、一人結論を出す。

この雰囲気で、友達作るの無理じゃね⁉

一年生でぼっち決定ですか⁉

席に座った私を、ブロンズクラスの子たちは遠巻きに見る。

話しかけてくれる子は一人もいない。そしてこちらから話しかけられる雰囲気でもない。

ちくしょう。

入学前に考えていた学校生活のイメージも、友達を二、三人作って平凡だけど幸せな学校ライフを堪能《たんのう》するというプランも脆《もろ》く崩れさった。

教室に入っただけで、すでにコミュニティの端《はし》っこにおいやられた。

へんっ……でも大丈夫だもんね……

私だって友達ぐらいいるもん。

私の中に！

天輝さん！　天輝さん！

『なんだ』

私たちもお話ししましょ！　雑談しましょ！　小粋《こいき》なジョークを交わしちゃったりしましょう！

『ふむ、言い忘れたが私とお前は所詮ビジネスパートナー。仕事があるとき以外は話しかけないでもらおうか』

ええええぇぇぇええ!?

ショックなんですけど!?

私と半身の間柄って、そんなドライな感じだったんですか？

『小粋《こいき》なジョークだ』

ブラックすぎて笑えないです！

＊　＊　＊

それからも誰も話しかけてくれることはなく、ひそひそ話は先生が来るまで続いた。

ふぃ、ちょっと気疲れした。

どちらかというと周囲からの扱いは、見下されるというよりは、腫《は》れ物のような扱いだった。

私が顔を向けると全力で逸《そ》らされる。

公爵家の娘でありながら、いずれ放逐《ほうちく》される身という相手には、貴族の子たちはどういう扱いをしたらいいのか困るのだろう。

みんな、私をひたすら遠巻きにして関わらないことに決めたようだ。

あ、そういえばこの学校って貴族の子だけでなく、平民の子もいるんだよね。

そう、貴族の子供のほとんどが通う学校ではあるけど、決して貴族のみが通う学校ではないのだ。貴族のための学校。優《すぐ》れた魔法使いを生み出すのための学校。ルーヴ・ロゼは二つの側面を併せもっている。

この世界では貴族＝優《すぐ》れた魔法使いだから、そういう二面性が存在するのだ。

ということは、このクラスの中にも魔力に優《すぐ》れていて才能を認められた平民の子たちがいるはずだ。

でも友達になれるかは望み薄だった。

クラス全員から遠巻きにされてるってことは、平民の子たちもそうしているはずだし。

そもそも貴族でありながら平民になる予定の子なんて、あちらとしても付き合うメリットはなく、面倒なだけなのは変わらないだろう。

そのうち先生から指示があり、入学式のために講堂へ移動することになった。

講堂には各学年の生徒が集合していて、ソフィアちゃんたちの姿もある。

彼女たちは講堂でも視線を集めまくっていた。

それから入学式が始まって、新入生代表みたいなスピーチがあり、なんと読んだのはソフィアちゃんだった。どうやら試験で成績が一番だった子が読むらしい。

ふわぁ、やっぱりあの子はすごい。

ソフィアちゃんは壇上《だんじょう》ではきはきとスピーチを読み、私は途中から保護者の気分になって感動してしまった。

終わったときは盛大な拍手をしていた。ソフィアちゃんが一度こちらをちらっと見て、少し照れた表情をした。

そんなソフィアちゃんには男子だけでなく女子からも、さらには上級生たちからも憧《あこが》れの視線が向けられている。その人気はさらに高まりそうだった。

ちなみにあとで聞いてみたところ、二番目がスリゼルくん、三番目がリンクスくん、四番目がクリュートくん、五番目がミントくんだったらしい。

一番下のミントくんの成績でも、私とは天と地ほどの差があった。

入学式も終わって、教室に戻って、今日は解散ということになった。

生徒たちが仲良さそうに帰っていく。

私は廊下を歩いて玄関に戻ると、リンクスくんたちと合流する。

登校時よりは注目度は下がっていたけど、やっぱりリンクスくんたちを見る生徒は多い。

私とリンクスくんたちが合流すると、「なにあの女」という視線を上級生らしき生徒から向けられる。中には私の額《ひたい》の印を見つけて、納得がいったように、ハッと笑う子もいた。

失格した子供に対する侮蔑《ぶべつ》も入ってるのだろうけど、正直、印に気づいてもらったほうがありがたい。

だってリンクスくんたちと私みたいなのが仲良く一緒にいる理由の誤解が解けるわけだし。

そうなんです。護衛役だから仕方なく一緒にいてもらってるだけなんです。別にみなさまの気に障《さわ》るようなことは一つもないです。

そう世間に宣伝して回りたい。

いきなりそんなこと叫び出したら、ただの怪しい人なので、もちろんできないんだけど。

「エトワさま、学校はどうでしたか？」

ソフィアちゃんが無邪気な笑顔で聞いてくる。

たぶん、友達とかたくさんできたんだろうなぁ。むしろできなきゃおかしい。こんないい子。

「うん、楽しかったよ～」

心配させちゃいけないので、私は嘘をつくことにした。

なんとか一人は友達作らなきゃいけないなぁ。初日で心折れてる場合じゃなくて。

＊　＊　＊

そんな決心もむなしく、次の日も、私は順調にぼっちだった。

クラスの友達グループはすでに出来上がってるし、私は触れてはいけない存在だ。

ちょっと挽回《ばんかい》はきつくないか？

どうしたらいいのこれ。

とりあえず話しかけようにも、近づくとものすごい目で見られる。「なんですか私たち悪いことしましたか」みたいな目だ。

公爵家の威光は、廃嫡《はいちゃく》された娘であっても怖いのだろう。それでいて最終的には家から放逐《パージ》されるのだから、友達になる利点はゼロだ。

なんだろう。机で大人しく座っておくほうが、クラスのためになる気がしてきた。

救いは授業があることだろうか。

授業中はみんな平等だしね。でも勉強はそこそこ難しい。

小学一年生なのに平気で歴史の授業とかある。やっぱり貴族って特別なんだねぇ。

授業は午前二コマ、午後二コマになっている。午前は国の歴史やマナー、算術や文学みたいな知識の勉強がメインだ。そして午後の二コマは魔法に関わる授業が多い。

午前の二コマが終わると、教室の外のほうでどよめきが起きた。

昼休みだから騒がしくなるのはわかるけど、どうもそんな雰囲気ではない。

いったいなんだろうと思っていると、教室のドアが開く。

そこからリンクスくん、ソフィアちゃん、スリゼルくん、ミントくんが姿を現した。

一気に教室内が色めきたつ。

「ご、五侯家《ごこうけ》の方だわ……」

「リ、リンクスさまにソフィアさま、それにスリゼルさま！　ああっ、ミントさままで!?」

「確か、みなさまプラチナクラスにいらっしゃるはずでは……!?」

クラスが興奮と混乱の坩堝《るつぼ》に落とされ、それから「あっ」というように私に視線が向いた。

いやいや、私もまさかこんな事態になるとは予想していませんでしたよ。

ええ、まさかこんなことになるとはね……

そもそもどういう事態だよ！

ソフィアちゃんが笑顔で私のところにやってくる。

「エトワさま～、来ちゃいました」

なるほど。来ちゃったんですね。

来ちゃいましたか～。うん、なるほど。

リンクスくんも教室に入ってきて言う。

「エトワさま、昼飯に行くぞ」

行くんですね。そうですね。

「はい、わかりました」

ここで一瞬でもためらってみせるほどバカではない。

リンクスくんたちは完全に学校のアイドルだ。ここで下手をすれば周囲からものすごい反感を買いかねない。リンクスくんたちとごはんなんて〜てってって恥ずかしがれば、カマトトぶったやつとして、ただでさえ悪いクラスでの評判が致命的なことになりかねない。

私にできることはひたすら流すことだけ。熟練《じゅくれん》のライン工のようにひたすら状況を流す流す流す。

「お弁当を準備するから教室の前で待っててもらえるかな?」

「はい!」

「おう!」

とりあえず過熱気味の教室を落ち着かせるために、さりげなくソフィアちゃんとリンクスくんを教室の外に誘導した。それから震える手で、侍女の人が作ってくれたお弁当を準備する。

こういう場合の周囲の反応って二つあるよね。

リンクスくんたちと仲良くなるために、私と仲良くなろうとする。それは大歓迎です。打算でもぜんぜんオッケー!

そういう友達の形もあるよね。ウェルカムですよ〜。

そしてもう一つは。

「なによ、失格の子のくせに……」

「シルウェストレの君《きみ》たちとべたべたしちゃって……」

「あんたなんて、ただ公爵家に生まれてきただけじゃない。なんの力もないくせに……」

貴族の子たちはプライドが高かった。

私の望む反応には一切ならなかった。

私はちょっと半泣きになりながらお弁当を取り出して、教室の外に向かう。

「エトワさま、バルコニーで食べます？　それともカフェテリアにしましょうか？　学校でエトワさまとの初めての昼食。楽しみですね」

「そうだねーたのしみだねー」

ソフィアちゃんは何も悪くない。何も悪くない。

「エトワ……泣いてる……？」

ミントくん、触れないでくれるかい？

「きっと昼食が楽しみだからじゃないかなぁ、あははっ」

私は笑ってごまかした。

友達……できますかね？

＊＊＊

お昼ごはんも、みんなに囲まれて大変だった。

とにかくどこに行っても視線がついてくる。

移動するために廊下を歩いているだけで、注目を浴びてしまう。

結局、庭のベンチで食べることになったんだけど、同じように庭で食事を取っていた生徒たち全員がこちらを見ている。

それどころか、途中からはリンクスくんたちを見るために、学校中の人間が庭までやってきて、さりげなくお弁当を広げ始めた。

小等部は一年生から五年生まであるんだけど、リンクスくんたちのファン層は、年上の五年生らしき少年少女たちから、同い年の一年生らしき子たちまで万遍《まんべん》ない。

クリュートくんがいないのにこれなんだから、フルメンバー揃《そろ》ったらどうなってしまうのだろう。

「エトワさま、お茶が入りました」

「あ、ありがとう……」

味のしないお弁当をなんとか食べ終えて、スリゼルくんが淹《い》れてくれたお茶を震える手で受け取り、カラカラになった喉《のど》をうるおす。

この光景すら、ギャラリーからどう思われてるのか不安で仕方ない。

「それじゃあ、私はそろそろ行くねー」

とりあえずこの場を脱出しようと、いそいそとお弁当をしまって四人に別れを告げると、私の手をガシッとリンクスくんが掴《つか》んだ。

「どこに行くんだよ。まだ時間はあるだろ」

リンクスくん、その癖《くせ》なんとかなりませんか。

今まではわんぱく少年のやりがちな行動だと思って気にしてなかったけど、こんな状況になると気にせざるを得ない。

何しろ人気者と手を繋ぐといったら、それだけで価値があるものなのだ。

古今東西《ここんとうざい》、そうと決まっている。

好きな人と手を繋ぐことにお金を払う人までいる。

実は私も一回払ったことがあるよ！

リンクスくんの握手はそれだけの価値があるのだ。

ほら、私を見る目がまた少し厳しくなった気がする。

いや気のせいじゃないよ！　絶対！

私はさりげなく、リンクスくんと繋いだ手を、ぬるぬると引き抜きながら、もう片方の手を顔の前で振ってリンクスくんに告げる。

「ほら、だって私、午後からは別の学校に行かなきゃならないし」

「はっ……？」

あれ？　リンクスくんには教えてなかったっけ。

ん……そういえばソフィアちゃんにしか言ってなかった気がする。

「午後が魔法の授業のときは、平民用の学校に行くことにしたの。魔力がないのに魔法教わっても仕方ないしね」

午後の授業は、週四ぐらいで、魔法の勉強と実習だ。もちろん魔法には興味はあるけど、私が習っても使えないので受けても仕方ない。

だから、お父さまや学校の人と相談して、午後からは平民用の学校に行くことにしたのだ。

そのほうが、将来的に使える知識や技術が身につくと思うしね。

幸いにして、ここは学校が多い都市。平民用の学校も近くにあった。

「聞いてないぞ……」

「うん、それはごめんね」

どうにも連絡事項をみんなに伝え忘れていたようである。私は顔の前で手を合わせ、首をちょっとかしげて謝る。

「まっ、まあそれはいいけど……護衛はどうするんだよ」

今朝に続いて、また同じ心配をもち出したリンクスくんに、私は笑いながら「いやいやー」と手を振る。

もう慣れたけど、そのまじめっぷりは過去のリンクスくんの素行を知っていると、ちょっとおかしくて、可哀想だけど笑えてきてしまうのだ。護衛にかけては、ソフィアちゃんやスリゼルくんよりも心配性になってしまったかもしれない。

「リンクスくんは心配しすぎだよ。ここは貴族の学校があるから、衛兵の人たちが重点的に見回りしていて、安全な町なんだよ。それに風の大精霊石だって力を失っちゃって、もうなんの価値もないし、わざわざ私を襲う人なんていないよぉ」

それならむしろ、自分がさらわれる心配をしたほうがいいんじゃありませんこと。おほほ。

公爵家の跡継ぎ候補で、そうじゃなくても侯爵家の子息。おまけに紅顔《こうがん》の美少年。私なんかよりリンクスくんのほうが狙われる可能性は高い。

まあそんなことする輩《やから》がいたら、命知らずだなぁと思うけど。

私の心配のしすぎですよという指摘に、リンクスくんは少し考えたあと言った。

「俺もその学校に行く」

は!?　何を言い出すんですかね、この子は！

「俺も午後からは同じ学校に通って、お前の護衛をする」

いやいやいや、君には午後から魔法の授業があるでしょうが！

勉強して立派に成長して、公爵家の跡取りになるんでしょうが。それが夢じゃなかったのかね！

護衛のために魔法の授業をサボるって、目的と手段が逆転しちゃってるよ！

正気に戻ろうよ！

これってやっぱり私たちを危険に巻き込んだことによるトラウマなのかな。

ひたすら護衛するする人間になってしまったリンクスくんに、さすがに頭がくらくらした。

私は額《ひたい》を押さえる。

笑ってる場合じゃなかったのかもしれない。ごめんよ。

「ソフィアちゃんスリゼルくん、リンクスくんをちゃんと授業に連れてってね。私は行くから」

「おい、待てよ！」

「俺は……？」

「あ、ミントくんも手伝ってくれるならお願い」

「わかった……」

私を追いかけようとするリンクスくんを、ソフィアちゃんスリゼルくんミントくんがガシッと止める。

「リンクス、大人しくして！　エトワさまなら大丈夫だから！」

「そうだ。主《あるじ》であるエトワさまの命令だ」

「はなせー！」

なんかちょっとだけ魔法のオーラみたいなのがはじけるのが見えた気がした。

「じゃ、じゃあねぇ～……」

私はそれを見なかったことにして、ちょっとした騒動になった庭を出ていった。

＊＊＊

それから二十分後、学校を出た私は人さらいに襲われた。

「ははは、その制服、貴族の娘か！　さらって身代金を要求してやる！」

「天輝く金烏《きんか》の剣」

「ぶへっ」

天輝さんの力を解放して、瞬時に相手の背後に移動し、極力手加減して後ろから手刀《しゅとう》を入れて気絶させる。

「これどうしよう」

人さらいは地面に倒れて伸びている。

『刃物を持っている。衛兵に見つかれば、そのままお縄だろう。人目のある場所に放っておこう』

「そだね」

私は気絶させた人さらいを大通りの人目のある場所に投げ置いて、目的の学校を目指した。

第五章　ポムチョム小学校冒険者クラス

渡されていた地図を頼りに、平民用の学校にたどり着くと、校門前で女の先生が迎えてくれた。

めがねをかけビシッと服を着こなした、ちょっと厳しそうな先生だ。

「えっと……、エトワさまですね？」

「はい、よろしくお願いします」

女の先生は制服姿の私に、最初は戸惑い気味に声をかけてきた。

でも私の額《ひたい》の印を確認すると、待ち人だと確信したようだった。

「私はカリーナと申します。どうぞよろしくお願いします。この学校では平民の子供たちを集めて、文字の読み書きや礼節、計算の仕方など、社会で生きていくための知識を教えています」

「なるほど～」

学校の説明を受けながら、校舎に入って廊下を歩く。ルーヴ・ロゼに比べると質素だけど、それでもかなりきれいだった。設備がきちんと整っていて清掃もされていて、とてもよさげな学校だ。

カリーナ先生に案内されてやってきたのは、教室だった。

「エトワさまには、こちらのクラスで勉強していただこうと思います。ルーヴ・ロゼとは違い成績別にクラス分けしてはいませんが、育ちのいい子が揃《そろ》った教室です。まず私が入りますのでついてきてください。エトワさまをみんなに紹介します」

扉の向こうには、たくさんの子供の気配がある。

なんか転校生みたいな気分だ。どきどきする。

先生のあとについて教室に入っていくと、椅子にきちんと座った子供たちが待っていた。

その瞳が一斉に見慣れない私に向く。

(うわぁ……！)

幼げで純粋な好奇心の視線に、やっと思い出す。

うんうん、この年代の子供って普通はこういう感じだよね。いたんだね、この世界にも普通の子が。

魔力というのは子供の生育に影響を及ぼすのだろうか。

早熟《そうじゅく》ですでに中学一年生ぐらいの精神年齢に達してそうな貴族の子たちに対して、この学校の子たちの表情にはまだ幼い雰囲気が残っていて、私の知ってる小学生と同じに感じられる。

これぞ普通という光景に、私は感動してしまった。

「だれ？」

「あのふく、きぞくの子だ！」

「きぞく？　きぞくってなーに？」

「だれ？」

「きぞくって、おかねもちのこ？」

「あのひたいのもよう、なーに？」

私が先生の横に立つと、子供たちはまだ舌足らずなしゃべりかたで噂話《うわさばなし》をする。

ああ～、普通だ。ここに普通があるよ～。

その景色に、私は涙を流してしまいそうになった。

「みなさんお静かに。今日はみなさんと一緒に勉強をする子が来てくれました。エトワさまといって公爵家のご息女です。毎日ではありませんが、この学校に来て勉強をすることになっています。みなさん失礼のないようにしてください」

カリーナ先生が私に自己紹介するように目配せした。

こういうのは最初が肝心だ。

明るく挨拶《あいさつ》をしよう。

「えっと、エトワといいます。公爵家の娘といっても失格者で、身分的にはみなさんと変わらないので気軽に話しかけてください」

自分で言うのもなんだけど、本当に面倒な身分だと思う。

でもあんまり貴族とか意識せずに仲良くしてくれたらいいなぁ。

「とりあえずの夢は冒険者です。勉強しながら将来は冒険者を目指したいと思ってます！」

自己紹介の定番として自分の夢を告げた瞬間、子供たちがざわっとなった。

「ぼうけんしゃ」

「ぼうけんしゃ……？」

「ぼうけんしゃ……ならずものだ」

「ぼうけんしゃ……くいつめものだ」

「ぼくけんしゃ……あらくれもの」

「やくざもの」

「いたずらもの」

「おつけもの」

「らんぼうもの」

え、え、なに？　この反応？

子供たちは一気に警戒して鋭い目つきになった。

「こわい」

「こわい……！」

「こわーい！」

「あぶない！」

「きけん！」

「ちょ、ちょっとこちらへ……」

カリーナ先生が焦った表情で私を教室から連れ出す。

私は呆然とした顔で先生を見上げた。

「わ、私、何かやらかしてしまいましたか!?」

その問いに先生はため息をつく。

「エトワさま、ここは主にお金を持つ商家の子供が通う学校です。あの子たちの親は子供に冒険者になってほしくなくて、彼らについてとてもとても悪いイメージを吹き込んでいるんです。それはもう冒険者といったら犯罪者と同じような扱いです」

ま、まじっすか……

先生は深刻な顔で言う。

「噂《うわさ》はすぐに別の教室にも広がるでしょう。これはもう、いじめまではいかなくとも、つまはじきにされるのは避けられないかもしれません……」

そこまでぇ！

「ど、どうしよう……」

まさか私の仮の夢が、いきなり希望ある学校生活に終焉《しゅうえん》を与えてしまうとは。

もっとマイルドな夢にしとけばよかった。

お嫁さんとか。

誰がもらってくれるか知らないけど。

貴族の学校に続いて二度目のつまずき。

がっくりと膝《ひざ》をつく私に、先生がちょっと同情するような顔で言った。

「エトワさま、冒険者になるという夢、本当ですか？」

「え、それは、まあ、はい」

冒険者、いいよね。

ファンタジーな感じで、選ばれし者じゃなくても、異世界での生活を楽しんでいる気がする。

この世界での冒険者についても予習してみたけど、まさに私の考える冒険者という感じだった。

たぶん厳しいことやピンチだってあるだろうけど、努力と機転でそれを乗り越えて——もし乗り越えられなかったときは最終的には天輝さんの力に頼って解決。

え？　考えが惰弱《だじゃく》だって？

いやだってさすがに、ガチるのは命の危険があるからぶっちゃけ嫌というか。そこまでは簡単には人生かけきれないというか、それが人間の正直な気持ちってもんじゃないですか。

カリーナ先生は私の答えに少し悩んだ表情をすると、

「わかりました。ついてきてください」

そう言って廊下を歩き出した。

私は言われた通り先生についていく。

歩幅が違うので小走りになったらスピードを落としてくれた。

この先生とてもいい人かもしれない。

先生と私は、さっき入ってきた校門を抜け、学校の外に出ていく。

しばらく町を歩き、角を曲がり、周囲の景色は少しずつさびれた感じになってくる。

そうして歩いて十分ほど。町外れのちょっとぼろっとした建物に着いた。

道の端にささってる立て札には『ポムチョム小学校』と書いてある。

おお！　学校なんだ、ここ！

「エトワさま、こちらの学校をどう思われますか？　もし嫌いな雰囲気だというのであれば、正直におっしゃっていただきたいです」

「カリーナ先生の学校とは雰囲気が違うけど、味があっていい感じだと思いました」

さっきの学校と比べると、建物が傷だらけだし、設備はあんまり整ってなさそうだった。

でも、その分、活気がある感じがする。

町外れの森が近いのも、いなかって感じがしていい。

ルーヴ・ロゼの庭も木が植えてあって森みたいになってる場所もあるけど、それとはまた違う自然豊かな感じだ。

「そうですか、悪い印象ではないですね」

「もちろんです」

「入学してみますか？　この学校に」

「え、入れるんですか？」

「ちょっと入学手続きをしてきます」

そう言うと先生はさっきから黙々《もくもく》と花壇の手入れをしていた線の細い青年にすたすたと近づき話しかける。

「ウィークマン先生」

「え？　カ、カリーナじゃないか。こんなところにどうしたんだい？」

ウィークマン先生と呼ばれた青年は、カリーナ先生を見て驚いた顔をする。

「あなたの学校に通いたい生徒を連れてきました」

「ぼ、ぼくの学校に？」

ウィークマン先生は、なんか気弱そうな先生だった。

カリーナ先生に圧倒されている。

そんなウィークマン先生が、戸惑いながら私のほうを見る。

「み、見たところ貴族の子のようだけど、何かの間違いじゃないかい？」

「いえ、冒険者になりたいようです。この学校なら冒険者クラスがあるでしょう」

「ぼ、冒険者!?　貴族の子が？　ドレス職人クラスじゃなくて？」

「いえ、冒険者クラスです」

「く、靴職人クラスなんてどうかな？」

あ、これ嫌がられてる。冒険者クラスに私が入るの、嫌がられてる。

でも冒険者の勉強ができる学校なんてあったんだね。ぜひ入ってみたい。

カリーナ先生は私のほうをみてたずねる。

「エトワさまはこの学校に入るならどちらに入りたいですか？　もちろん入るのが嫌というのであれば、別の候補を探しますが」

「はは、こんな汚いところ貴族の子が――」

「冒険者クラスに入りたいです」

入りたい。

「えぇぇぇぇぇ……」

私の答えに、ウィークマン先生は困った顔でか細い悲鳴をあげた。

「本気なの？　冒険者になりたいの？」

「はい、よろしくお願いします」

私は両手を揃《そろ》えて頭を下げる。

「うっ、うーん……」

靴職人もドレス職人も手に職があっていい感じだけど、まずは冒険者を目指したいよね。

「この方は、廃嫡《はいちゃく》されてしまった公爵家のご息女で、魔力がないので魔法の授業のときは平民の学校で勉強することにしたそうなんです」

「へ、へー、そ、そうなんだぁ……」

微妙に返事を濁《にご》し続けるウィークマン先生に、カリーナ先生はガンガン事情説明を始めた。

「しかし、とあるトラブルにより、私の学校ではうまく生活できない可能性が出てきました」

私のせいです。ごめんなさい。

「この子はとても困っています。あなたの学校で受け入れてくださるなら、私としても助かります」

カリーナ先生にじーっと見つめられ、ウィークマン先生の顔から汗がだらだらと流れ落ちる。

そして三十秒ほど経って、しぶしぶといった感じに頷《うなず》く。

「わ、わかったよ……」

それから私に言った。

「クラス変更は自由だから、いつでも言ってね」

「はい！　ありがとうございます！」

冒険者が向いてなかったら、そのときは考えよう、いざ靴職人への道。

「これで大丈夫なようですね。公爵家のほうには私から報告しておきます」

「カリーナ先生、ありがとうございます」

私はカリーナ先生にもお礼を言った。

私がポカしただけなのに、代わりの学校を見つけてくれただけじゃなく、求めている学校を探して入《はい》れるようにしてくれた。

とてもいい先生だなと思う。

「いえ、定期的に学校での出来事を報告してくだされば結構です。それじゃあ、よろしくお願いしましたよ、ウィークマン先生」

「は、はい……」

こうして私は冒険者になるための学校に入《はい》れることになった。

＊＊＊

その後、カリーナ先生は帰って、私はウィークマン先生に教室まで案内してもらう。

教室には誰もいなかった。

昼休みだから裏庭に遊びに出ていて、授業が始まるころには戻ってくるらしい。

しばらくぼーっと座ってると、がやがやと楽しそうな話し声とともに、元気な子供たちの足音が近づいてくる。

「ふぅ、昼休みのペルシェールは盛り上がったなぁ」

「放課後は球遊びやろうぜ！」

膝《ひざ》や頬に泥がついた子供たちが、楽しそうにしゃべりながら自分の席に座っていく。

私の存在は気にも留めない。むしろ気づいてない。

ただ隣に座った女の子だけは、私に気づいたようでびっくりした顔をした。

「あれ？　私の席の隣に見たことない子がいるよ！」

「ど、どーも……」

昨日今日でことごとく人間関係の構築に失敗して、トラウマ気味になった私は、ちょっとびくびくしながら挨拶《あいさつ》をする。

すると女の子はにこっと笑って、

「どーも！　昼休みのあいだにきたの？　よろしくね」

と返してくれた。

いい子だ！　もしかしたら友達になってくれるかもしれない。

私はその子の笑顔にちょっと感涙《かんるい》咽《むせ》んだ。

そして深々と頭を下げる。

「こちらこそ、よっ、よろしくねっ！」

「その制服、貴族の子なの？」

女の子が私の着ている服を見てたずねてくる。

やっぱりこの町に住む人間にとってルーヴ・ロゼの制服は有名らしい。

どうしよう、貴族に悪い印象はないだろうか。心配だけど、嘘をつくわけにはいかないし、そもそも制服着てるんだからごまかしようがない。

ここは正直に話すしかない。

「うん、貴族なんだけど魔法が使えなくて、だから別の学校でも勉強することにしたんだ」

「そうなんだ、じゃあ戦士志望だね！　私も戦士をめざしてるんだよ！　一緒だね！」

貴族であることを話しても、女の子は屈託《くったく》なく話してくれる。

わわわわぁ～、幸せだ。普通に会話ができて、普通に笑ってくれて、普通に接してくれる。

「あ、名前いってなかったね。私はリリーシィっていうの」

「私はエトワだよ」

これ友達だよね!?　友達といってもいいと思うんですけど！　もう友達ですよね!?

天輝さん、どう思いますか！

『そこは自分で判断しろ』

ああっ、冷たい。

でも確かに正論だ。

よし、じゃあ、ここはお知り合い以上友達未満ということで。

少しずつ距離を縮めていこう。

＊　＊　＊

リリーシィちゃんとお話ししていると、さっそく授業が始まった。

筋骨隆々《きんこつりゅうりゅう》で巨漢でひげもじゃの先生が教室に入ってくる。

「ウィークマン先生じゃないんだ」

てっきりウィークマン先生が教えるのかと思っていた。

「いろんな先生がいるよ。全部で六人ぐらい」

リリーシィちゃんが教えてくれる。

巨漢の先生は私たちを見回すと、その体に見合った大きな声で言った。

「お前たち冒険者に一番大切なものは何かわかるか！」

その問いかけに、冒険者クラスの子供たちは、はいはいと手を挙げて我先にと答える。

「どんな敵にも負けないつよさ！」

「たよりになるなかま！」

「冒険者ランク！」

「でんせつの武器！」

「すっごくつよい魔法！」

その返事に、巨漢の先生は腕を組んで頷《うなず》く。

「確かにそれらはとても大切だ……だが一番ではない。一番大切なもの、それはもっと身近にあるものだ」

先生の言葉にみんな首をかしげる。

私もわからない。

まだ出ていないものといえば、剣の技術とか？　それともコネ……？

「冒険者は依頼を解決するためにいろんな場所を旅する。その間は食堂や宿屋のない場所に寝泊まりすることもざらだ。そんなとき料理ができなければ、ひもじい思いをすることになる。それでは依頼の達成もままならない！　そう、冒険者にもっとも大切なこと。それは料理ができること！」

そう説明したあと巨漢の先生は、私たちに宣言する。

「このボルゲェイが貴様たちに料理を教えてやる！　今から調理室に移動だ！　ついてこい！」

このごっつい先生の教える科目は家庭科だった。

子供たちはぞろぞろと教室を移動していく。

私もリリーシィちゃんに先導してもらいながら調理室に移動した。

調理室に着くと、ボルゲェイ先生がエプロンをしていた。さわやかな色合いの緑色のキュートなエプロンだ。

でも着慣れているせいか、どことなく髭《ひげ》にも似合ってた。

ボルゲェイ先生が籠《かご》いっぱい大盛りの卵を教卓に「ドンッ！」と置いて言う。

「今日教えるのは卵焼きだ。卵焼きは料理の基本だからな」

ちなみに卵は割れなかった。

よかった。

私たちは五人ずつの班に分かれることになった。

「あれ、リリーシィ、その子だれ？」

一緒の班になった女の子たちが私を見てたずねてくる。

本当に私の存在って気づかれてなかったんだ。この学校ってすごくおおらかだよね。

「私の友達のエトワちゃんだよ」

友達！　友達ぃ！

リリーシィちゃんの嬉しい言葉に、私は思わず心の尻尾《しっぽ》をぶんぶん振ってしまった。

「エトワです。よろしくお願いします」

「へぇ、貴族の子なんて珍しいね」

「よろしくね」

「よろしく～」

貴族であることも軽く流してくれて、挨拶《あいさつ》をすませると、私たちの机にも卵が配られる。

異世界の卵は地球のものより一回り大きかった。その分殻も丈夫そうだ。

「お料理なんてはじめてだよ～」

そう緊張した顔で言うリリーシィちゃんに、私は卵焼きぐらいなら前世で作り慣れてるから大丈夫かなぁ、と内心考える。

むしろ卵焼きぐらいしか作ってないとも言える。

「それでは、まず卵を割ってみせるのだ！」

ボルゲェイ先生の力強いかけ声で、みんな卵を割り始める。

でも子供なせいか、みんな失敗してしまった。

「うぅ、ぐしゃってなっちゃった」

「われないよー！　われないよー！」

「もっと強くよ！　って、あぁっ！　黄身がー！」

教室は阿鼻叫喚《あびきょうかん》になる。

ボルゲェイ先生はなんか腕を組んで「その試練を乗り越えた者こそが真の冒険者になるのだ」とか言ってる。

「卵がぐしゃってなって殻がはいっちゃう！」

リリーシィちゃんも苦戦している。

私は――

「リリーシィちゃん、こうやるんだよ」

私は食器の角で卵をカンカンッと叩くと、力を調整してひびを入れる。

そしてひびに指を入れてぱかっと割ってみせた。

白身と黄身がボール状のお皿にきれいに落ちる。

元の世界と硬さは違ったけど、力加減を調整したら、あとの手際は似たようなものだった。

みんな一気に割ろうとしてるから失敗しちゃったんだと思う。

私がきれいに卵を割ってみせると、リリーシィちゃんの目がまんまるになった。

「すご～い！　エトワちゃん！」

同じ班の女の子たちも驚きの表情で私を見る。

「卵をあんなにきれいにわるなんて！」

「まるで魔法みたいだった！」

「すごいよ！　エトワちゃん！」

あれ？　これもしかして私の時代きてますか？

さすがとかすごいとか周りから言われちゃう異世界生活がまさかのここに実現⁉

「そんなにたいしたことしてないよ～」

褒《ほ》められると嬉しくて、私は照れ照れで頭を掻《か》きながら言った。

いや、本当に卵割っただけなんだけどね。

「もしかしてエトワちゃんってお料理できるの？」

「まあ卵焼きぐらいなら」

私はそう答えながら、糸のように細い目をキラーンと輝かせると、次の工程に進んだ。

フォークを二本持って、卵をかきまぜ始める。

「次は卵をまぜるんだけど、こうやって切るようにまぜるといいんだよ」

「えぇぇぇ！　そんな技が!?」

「す、すごい！　天才!!」

天才なんておおげさですよ。

普通に卵がよくまざるやり方でまぜただけなんだけどなぁ、やれやれ。

狙い通りの反応をいただけて、私はさらに調子に乗った。

「味つけは塩と砂糖を適量ね」

「お塩とお砂糖を!?」

「そんなことしたら、甘いのか辛いのかわからなくなっちゃう！」

「あくまてきはっそう！」

あれあれ、私また何かおかしなことしちゃいましたか？

普通の味つけをしてるだけなんだけどなぁ、やれやれ。

ふっふっふ。

「火を………つけて！」

「すごい！　自分で火をつけた！」

「一人で火をつけるなんて!!」

「さすがエトワちゃん！」

ここは実は苦戦した。

だってガスコンロなんてないんだもん。火打ち石、ちょっと使ったことがあってよかった。

「フライパンをあっためたら、水を一滴たらして温度を見て！　そこから油を引く！」

「すごい！」

「まるでお母さんみたい！」

「さすが！」

いつの間にか私はクラスの注目の的になっていた。

うっへっへ。もっと褒《ほ》めておくれー。

「溶いた卵を流し込んで、焼けたらこんな風に重ねていって！」

「すごい、おふとんみたい！」

「きれ～！」

「おいしそう！」

「適度に焼いたら完成です！」

私はできた卵焼きをお皿に移して、包丁で切って完成させた。

調理室は私への尊敬のまなざしで溢《あふ》れ返る。

小学一年生相手に知識無双——ただの卵焼き作り——をやりまくってしまった。

正直、楽しかったです。

あっ、そういえばボルゲェイ先生の言うことを聞くの忘れてた。怒られないかな。

ボルゲェイ先生もいつの間にか近くにいて、腕組みをしながらうんうんと頷《うなず》くと、

「完璧な手際だ。素晴らしい！」

大きな拍手で褒《ほ》めてくれた。

どうやらオッケーらしい。

リリーシィちゃんが私の作った卵焼きをきらきらした目で見る。

私はなんとなく察して、彼女に作ったばかりの卵焼きを差し出した。

失格

「よかったら食べてみて？」

「いいの!?」

「うんうん！　食べてくれたら嬉しいな」

リリーシィちゃんは小さなフォークで一切れ取ると、ひょいぱくっと口に入れた。

「あつっ！」

あ、まだ熱かったらしい。

「でも、甘くておいし～～！」

リリーシィちゃんは、ほっぺを押さえながら嬉しそうな顔でそう言ってくれた。

よかった。子供好みの砂糖いっぱいの味つけをして。

「すご～い！」

「卵焼きを一人でつくれちゃうなんて！」

「天才だわ！」

周りの子たちも口々に私を褒《ほ》め称《たた》える。

「よし、この子を見習って、お前たちも卵焼き作りを成功させるぞ！」

「はーい！」

「おー！」

ボルゲェイ先生の号令に元気よく返事をすると、子供たちは意気揚々《いきようよう》と卵焼き作りを始める。

「エトワちゃん、私に作り方を教えて！」

「私にも！」

「うん、いいよ～」

私も今世では料理をちゃんとがんばろうと思った。ここまでやっておいて、卵焼きしか作れませんじゃ恥ずかしい。

とりあえず今日から侍女さんに習おう。がんばろう。

第六章　桜貴会《おうきかい》

ルーヴ・ロゼとポムチョム小学校に通い始めて一週間。

相変わらずルーヴ・ロゼではぼっちだけど、ポムチョム小学校での生活が癒《いや》しで、まあまあいい感じの学校生活を送れていた。

そんな折、ソフィアちゃんから休み時間に話があると呼び出された。

「桜貴会？」

「はい、お茶会にエトワさまをご招待したいと！」

「私というか、私たちだよね」

「はい！　エトワさまの護衛役である私たちも一緒に招待されています！」

桜貴会とはルーヴ・ロゼの生徒の中でも上流階級の貴族だけが入れるサロンみたいなものらしい。

小等部、中等部、高等部と三つあるらしく、それぞれ交流もあるみたいだけど、今回招待されたのは当たり前だけど小等部だ。

にこにこしているソフィアちゃん。

貴族の子息としてはとても名誉なことで嬉しいと話してた。

むしろソフィアちゃんほどの家柄よし、才能よし、容貌《ようぼう》よしの子が招待されないわけないと思うんだけど。

そもそもその桜貴会っていうのは、ほぼプラチナクラスだけの交流会らしいし。

逆に私が招待される理由って……

なんかだいたい察しがついてしまう。一番いいケースで、ソフィアちゃんたちのおまけである。

けれど相手の悪意なんて推察してもしょうがないし、行ってみるしかないよね。

「うん、わかったよ～」

「はい、お昼休みにみんなで集まりましょう！」

ソフィアちゃんが嬉しそうに手を振って去っていく。

まあ、何もなければそれでよしだよね。

＊　＊　＊

昼休みになった。

私たちは玄関で待ち合わせしている。今日は午後からポムチョム小学校に移動しなければならないので、ぎりぎりのスケジュールだ。

これはお昼ごはんが食べられないかもしれない。

でも、がまんがまん。

今回のお茶会の目的は、ソフィアちゃんたちの桜貴会への入会の話だと思う。

貴族としては大変名誉なことらしいから、私が足を引っ張るわけにはいかないよね。

貴族の子たちって大変だなって思う。

もともとソフィアちゃんたちは、それぞれの家の当主候補だったんだけど。それが今は私の家の跡継ぎになるために家族と離れて、私の家に来てくれて、護衛役という試練をがんばってくれている。

それだけ貴族として公爵位を継ぐことは、本人にとっても実家にとっても名誉なことらしい。

今回もソフィアちゃんや、リンクスくん、ミントくん、スリゼルくん、それからクリュートくんが、貴族としてより良いキャリアを歩んでいくためのステップになるはずなのだ。

陰ながら応援しているよ、ぐーっ。

玄関に着くと、みんながいた。

「やあやあ～」

私は手を上げて彼らに歩み寄る。もう周囲の視線には慣れた。

相変わらず視線は厳しいけど、特に嫌がらせとかはされてないし。

そういえば陰口とかはまだ言われてるんだろうか。

『聞いてみるか？』

心の中で独り言を言ってると、天輝さんから返事が返ってきた。

そんなことできるんですか⁉

『お前は戦闘時のために視覚、聴覚、嗅覚《きゅうかく》は強化できるようになっている。ただ鋭敏な感覚はお前にとっては弱点にもなり得るから、私が集線装置《ハブ》になって一度それらの情報を処理してからお前に伝えているが。機能としてはおまけみたいなものだから非解放の状態でも、陰口程度なら盗聴することは可能だ』

いやいや結構すごい気がするよ。

さすが天輝さん。さす天。

『どうする？』

やめときます。

陰口聞いても、嫌な気分にしかならないしね。

あー、でもちょっと興味あるなぁ。

参考までに、私の悪口で一番多いのは？

なるほど。

『糸目《いとめ》ブサイク』

「エトワさま、準備はよろしいでしょうか？」

スリゼルくんがいつもの優雅な仕草で腰を折ってたずねてくる。

正直、スリゼルくんって執事が似合いそうだよね。天職っぽい。大人っぽいし、慇懃《いんぎん》だし。

偉いからそんな仕事はやらないだろうけど、残念だ。

「うん～だいじょぶ」

そもそも準備って何？

何か必要ですか？

そういえばソフィアちゃんたちを見ると、いつも以上にきらきらしている気がする。

普段から制服の着こなしはきれいだけど、今日は一段とビシッとしてて、とても見目《みめ》麗《うるわ》しい。

準備ってもしかしてこれのことですか？

いや、無理なんじゃないかな。私にはできないよ。任意できらきらオーラを出すなんて……

どうやったらこうなるのかがわからない。気合入れたらいいのか?

人種が違うとしか言いようがない。

ソフィアちゃんたちのきらきらっぷりを眺めていると、クリュートくんと目が合った。

「やあ、クリュートくん、おひさしぶりだね〜」

挨拶《あいさつ》はだいじ。

クリュートくんは私の言葉に少しぎょっとすると、気まずそうな顔で作り笑いを浮かべた。

「はは……、そ、そんなことないと思いますよ……?」

そんなことはあるのだ。

家では会うけど、学校だと一週間ぶりなのだ。

いろいろやりたい時期だとは思う。私の護衛役なんて無駄な仕事、本当はやりたくないに違いない。

でもまだ一応、護衛役の仕事が跡継ぎを決める条件の一つになっているのである。

さすがにサボりすぎるとまずいのではないだろうか。熱心にやられると逆に私のほうが困るのだけど。

私としてはお父さまに報告をするとき、できるだけみんなが不利な情報は伝えたくない。

でも、まじめに務めているリンクスくんやソフィアちゃんやミントくん、スリゼルくんと、学校に入ってからはサボり気味のクリュートくんとで差をつけないのも、それはそれで不公平だ。

護衛のローテーションが増えてまじめな子たちの負担になりかねないし、そうならないぐらいには務めてもらいたい。

だから彼のために私ができることといえば、意地悪おばさんみたいに釘を刺すしかないのである。

「えっと……明日の登校はお供します……」

「エトワさま、そんなサボり魔かまってないで行くぞ」

「サボり魔……」

汗をだらだらかくクリュートくんをじーっと糸目《いとめ》で見つめていると、リンクスくんから注意された。

おお、そうだ。本題を忘れてました。

「それじゃあ、行きましょうか」

「はい！」

桜貴会は学校の庭に建てられた別棟にあるらしい。

お茶会で変なことが起こらなければいいけどね。

私、このお茶会が終わったら、ポムチョム小学校行くんだ。

＊　＊　＊

お茶会の場所は、広い庭の一角にあるきれいなお屋敷だった。

しっかりとした一戸建てで、ここがまるごと桜貴会のために提供されてるらしい。

貴族ってすげぇ……

私は感心しながら、屋敷の中に入っていく。

「いらっしゃいませ、シルウェストレの君《きみ》たち。桜貴会に来ていただいて光栄です」

上級生の少女がそう言ってソフィアちゃんたちに挨拶《あいさつ》する。

うん、ソフィアちゃんたちに。

これはもう嫌な予感がするってレベルじゃないぞ……

上級生の少女に案内されて、二階の一室に入る。

ひと目で高級とわかるインテリアが揃《そろ》えられた部屋に、私たちより年上の美少女美少年たちが八人ほどいた。

その中心に一人、一際目を惹《ひ》く少女が座っていた。美しい水色の髪をもつ美少女。年齢は私たちとそう変わらないぐらい。二年生か三年生という感じだ。

他の子たちは直立したまま、緊張した面持ちでソフィアちゃんたちを迎えているのに。その少女だけは余裕の笑みを浮かべながら、着席して護衛役の子たちを迎えていた。

「ようこそ桜貴会へ。シルウェストレの君《きみ》たち。私はニンフィーユ侯爵家のパイシェンよ。お座りなさい。すぐお茶を淹《い》れさせますわ」

パイシェンと名乗った女の子は決して、この中で最年長というわけではない。

なのに、部屋にいるすべての子供たちが彼女に従っている。

それもそのはず。

ニンフィーユ侯爵家は四公爵の一つであるウンディーネ公爵家に一番近い分家だ。つまりシルウェストレ五侯《ごこう》と呼ばれるソフィアちゃんたちと同格の家である。

私たちみたいに護衛役や緊急時の跡継ぎ候補などの特殊な繋がりはもってないし、ソフィアちゃんたちのように特別な呼称はもたないけれど、その権勢は決して劣るものではない。

「それでは遠慮なく」

ソフィアちゃんたちが椅子に座ろうとすると、近くに立っていた少年少女たちが駆け寄り、椅子を引く。

当然、私には何もない。

いいえ、別にいいんですけどね。自分で座れますし。

そう思って座ろうとしたら、こそっと忍び寄っていた少年が椅子を引いてきた。

もちろん座らせてくれるとかそういう優しいものではなく、子供のときのいたずらでやられる、あれだ。

だが、甘い！

心眼〈マンティア〉をもつ私には、その攻撃は効かないのだよ！

私はあっさり位置を修正して座る。

するといたずらしようとしてた少年がびっくりして、さらに椅子を引っ張った。

「んなあぁああああぁ～」

いい感じの絨毯《じゅうたん》にいい感じに椅子の脚が引きずられ、お尻の下が振動したせいで、私は発情期のメス猫のような声をあげてしまった。

「エトワさま⁉」

護衛役の子たちがびっくりする。

あのパイシェンという少女も目を見開いてぎょっとした。

「いやいや、これは失敬。あまりに椅子の座り心地が高級だったものですから」

私は咳払《せきばら》いでその場をごまかす。

注目が集まったことにより、少年は椅子をぱっと離して逃げてしまっていた。

パイシェン先輩は一瞬、顔をしかめて私を睨《にら》んだけど、何ごともなかったかのような扱いでソフィアちゃんたちに視線を移す。

「今日はとても良いお茶が入ったの。クイーンレメンセの紅茶よ。尊《とうと》い生まれのあなたたちならきっと美味《おい》しく味わえると思うわ。ぜひ飲んで感想を聞かせてほしいの」

パイシェン先輩が合図すると、一人の少女が隣の部屋からティーセットを持ってきてお茶を淹《い》れてくれる。

私以外に！

ソフィアちゃん、リンクスくん、スリゼルくん、ミントくん、クリュートくんときて、最後に私だけ飛ばされた。

お茶の出ないお茶会！　斬新だな、これ！

もしかして私だけそもそも招かれてなかったとかそういう可能性も一瞬考えたが、椅子にいたずらしてきた少年の態度からするとそれはないだろう。むしろ意図的に招待してこういう扱いをしていると見たほうがいい。

こうなったらあれだな。あれをやっちゃいますよ。

ソフィアちゃんたちの憧《あこが》れの桜貴会だもんね。パイシェン先輩の態度から、勧誘しようとしてるのは間違いないと思う。

その場を壊すわけにもいかないから、がまんがまん～。

『我慢』だ。うん。

へいへーい。嫌がらせばっちこい！

修行僧のごとく清流の心で受け止めてやんよ。

「それにしても噂《うわさ》通り素晴らしい方たちね。みなさん美しい容姿だけでなく、その才能、学業の優秀さはもう学校中で評判になってるのよ。桜貴会にふさわしい方たちだわ。一人だけ、どう見ても場違いな方がまじってしまったようだけど」

そう言ってパイシェン先輩が私をちらっと見て見下すように嘲笑《あざわら》うと、桜貴会の子供たちも同調してくすくすと含み笑いを漏らす。

私もとりあえず、はっはっは、と笑っておく。

こういうのは場の雰囲気を崩さないことが大切だ。

「それで今日あなたたちを呼んだのは、一緒に美味《おい》しいお茶を飲みたかったのもあるけど、実は大事なお話があるの。きっとあなたたちにとっても嬉しい話よ」

一通り私を笑いものにしたあと、パイシェン先輩はソフィアちゃんたちを見て、本題を切り出すように言った。

ふう、これでミッションはコンプリートかね。よかったよかった。

もしかしたら別れ際にも何かあるかもしれないけど、我慢を覚えた私に敵はいない。

「桜貴会への入会の話でしたらお断りします」

凍《ここ》えるような冷たい声で、パイシェン先輩の話を遮《さえぎ》るように言ったのはソフィアちゃんだった。

えっ……

何が起きたのかわからず、私も桜貴会の人たちも固まる。

だって朝はあんなに入りたいって言ってたじゃない。嬉しそうにしてたじゃないの。

急に入りたくないってどういうこと!?

「先ほどからのエトワさまへの侮辱《ぶじょく》、許せません！」

あああ、そこに引っかかってしまったかぁ。

スルーしてくれていいのに、優しい子だもんね……

でも、どうしよう、これ……

桜貴会の少年が焦ったように、私を指さして言う。

「ぶ、侮辱《ぶじょく》といっても、この者は家を継ぐ資格のない偽者で、シルフィール家の本当の当主ではないではありませんか」

彼の言うことはもっともだった。

私がシルフィール家の本当の当主であれば、彼らはこんな扱いは決してしなかっただろう。

彼らの内心が私たちにわからないように、私たちの内心も彼らにはわからない。

なんの爵位も継ぐ資格がないものが、侯爵家の嫡子《ちゃくし》クラスの子供たちを従えている。

それはとても不自然で。

彼らからすると、そんな主《あるじ》を押しつけられて、護衛役の子たちが迷惑している、そういう風にもしかしたら映っていたのかもしれない。

そんな相手を侮辱《ぶじょく》することで、まさかソフィアちゃんが本気で怒るとは思わなかったのだろう。

「なんと言われようと、世間がどういう評価をしてようと、エトワさまは私たちの主《あるじ》としてふさわしい方です！　優しくて素晴らしい、誇《ほこ》るべき私たちの主人です！」
ソ、ソフィアちゃん、その言葉嬉しいけど、ずっと前から突っ込んでるけど、手段と目的が逆転してないかい？
公爵位を継ぐために私を護衛してるのだから、ここは桜貴会に入って順調にキャリアアップしなきゃだめでしょう。

「同感だな。こんな胸糞《むなくそ》悪《わる》い集まり、入りたくもねぇ」

激怒するソフィアちゃんに周囲が焦っていると、さらに別の場所からも静かな怒りの声があがった。

リンクスくんだ。

腕を組んで、桜貴会の人たちを睨《にら》みながら、いつもの活発な様子でもなく、猫をかぶるでもなく、底冷えするような冷たい怒りを発している。

きみきみ、ここに来る前は桜貴会に入る話をちょっと嬉しそうにしてたじゃないか。

自慢げな顔してたの忘れてないよ。

「俺もこんな会には入りたくない……」

ミントくん……はいつもとあんまり変わらなかった。

けど、無表情でそう言った。

「そうですね。主《あるじ》であるエトワさまをこのように扱う会に入るわけにはいきません」

スリゼルくんも澄ました顔でそう言い切った。

ま、まじか……。まさかこんなことになるとは……

「お、おい、落ち着けよ。桜貴会からの誘いだぜ。公爵家だけじゃなく王家の方々まで所属するサロンだ。俺たちのキャリアにとっても大切なものになる」

クリュートくんだけが、焦った表情で四人の説得に回る。

うんうん、やっぱりソフィアちゃんたちにとって大切なものだよね。桜貴会への入会は。

「み、みんな私のことは気にしなくていいから、ここは穏便《おんびん》に――」

私もソフィアちゃんたちの説得に回ろうとすると、パシッとリンクスくんが私の腕を取った。

「帰るぞ、エトワさま。こんな扱いされて我慢してんじゃねーよ……アホ……」

そのまま腕をぐいっと引っ張られて、外へと連れていかれる。

ソフィアちゃんたちも立ち上がってそれに続く。

「ほ、本気なの……？　あなたたち……」

驚愕《きょうがく》の表情でパイシェン先輩が言った。

「当たり前だ。二度とこねーよこんな場所」

「さようなら、パイシェンさま。二度と話しかけないでください」

「じゃっ……」

「それでは失礼します、パイシェンさま」

そう言うと四人の子たちは私を連れ出し、桜貴会から出ていってしまった。

＊＊＊

うーん、大変なことになった気がする。

教室の扉をガラッとな。

「大変よ、シルウェストレの君《きみ》たちが桜貴会に入られなかったそうよ！」

「しかも、二度と行かないとまで宣言されてるとか」

「シルウェストレの君《きみ》たちが桜貴会に入られないなんて前代未聞《ぜんだいみもん》よ！」

「代々、必ず入られていたのに……」

うん、気のせいじゃありませんでした！

次の日の朝、自分の教室の扉を開けると、大騒ぎになっていた。

クラスメイトたちが、口々にソフィアちゃんたちと桜貴会の対立について噂《うわさ》する。

これは思った以上に大事《おおごと》だったかも。

「いったいなんでそんなことに……」

「なんか呼ばれたメンバーに余計なのがまじっていたそうよ……」

「それってもしかして……」

ぎくりっ。

ここそこ自分の席に着こうとしていた私に、みんなの視線が向く。

そして自分の椅子に座った私に、女の子のグループが寄ってきて、バンと机を叩いた。

今まではこちらを嫌悪しつつも関わることのなかったクラスメイトたちが、ついに私に関わってきた。ソフィアちゃんたちが桜貴会に入らなかった衝撃が、クラスメイトたちの態度を変化させたとすると、そのショックは半端ない。

「ちょっと、あなたどういうつもりなの！」

「いやぁ、どういうつもりと言われましてもぉ……」

私としても不測の事態なので困る……

「シルウェストレの君《きみ》たちが自分の意思で桜貴会に入りたくないなんて言うはずがないわ。あなたが何かしたんでしょ！」

「仮の当主って立場を利用して！」

それが自分の意思で言い出しちゃったんですよ……

昨日の晩ごはんのときも、ソフィアちゃんやリンクスくんは怒って、あんな会絶対に入らないと言っていた。ミントくんもその話題を出すと不機嫌になるし、取りつく島がない。

本当に困ったことになった。

私はどぉどぉと、気勢をあげるクラスメイトたちを落ち着かせる。

「いやぁ、ちょっとトラブルがありましてねぇ。パイシェンさまとソフィアちゃんたちで喧嘩《けんか》になっちゃったんですけど、でも子供同士だからそのうちおさまるかと――」

「パイシェンさまとシルウェストレの君《きみ》たちが喧嘩《けんか》!?」

「あぁぁぁ、侯爵家の方々が喧嘩《けんか》なんて！」

「桜貴会始まって以来の危機よ！」

「なんでこんなことに！」

私の言葉でクラス中が大騒ぎになった。

全員が真っ青になり、この世の終わりであるかのように天井を仰《あお》ぐ。

これはやばいぞぉ……

唯一助かったのは、私の追及どころではなくなったことだろうか。とりあえず、今の私に振られても、何も出てこない状態だしね。

本当におさまってほしいねぇ……。喧嘩《けんか》……

＊＊＊

私は珍しくプラチナクラスの教室の近くに来ていた。

そして思う。

掃除用具を入れるロッカーがない。想定外だ！　これでは隠れる場所がない。

プラチナクラスの設備は、ブロンズクラスとは違った。

調度品も高級できらきらしているし、広さも違う。さらには広間があって、その一角ではお茶やお菓子までサーブされている。

うーん、ぶるじょわーる。

私はそこにあった給仕用のワゴンの下にさっと身を隠す。

クロスがかけてあるのでちょうどよく我が身が隠れる。

そしてしばらく、目的の人物が来るのを待った。

見つけた、黒い髪の美少年。女の子に囲まれて楽しげに廊下を歩いてくる。

うーん、ここは申し訳ないけど。

「クリュートくん、クリュートくんやぁ」

クリュートくんは急に聞こえた私の声に少しびくっとしたあと、声の主を探し、ちょっときょろきょろする。それからワゴンの下で適当なハンドサインを送る私に気づくと、微妙に嫌そうな顔をした。

「クリュートさま、どうしたんですか？」

美少年のクリュートくんが女子に呼ばれるなんて日常茶飯事《にちじょうさはんじ》なのだろう。私の声がわからない女の子たちは、クリュートくんの行動の不自然さにしか気づかない。

クリュートくんはため息をつくと、私の意図を察して人払いをしてくれる。

「ごめん、ちょっと用事ができちゃった。先に教室に戻ってくれるかな」

「はい、わかりました！」

女の子たちはクリュートくんの笑顔を見て少し頬を染め、素直に教室のほうに走っていく。

うーん、小学一年生にしてなんというたらし。将来有望と言わざるを得ない。

クリュートくんは女の子たちを見送ると、人目がないのを確認してワゴンの下にいる私に話しかけた。

「なんですか、エトワさま……」

別にクリュートくんのほうに人目を避ける理由はなかったのだけど、私が人目を避けて行動してるのに気づいて、それを考えて行動してくれている。

クリュートくんって、たぶん本人は気づいてないけど、なんかそういうところあるよね。お人よしというかヘタレというか。

「いやー、その後どうですかね？」

その後と聞いて、クリュートくんはすぐに察して、さらに嫌そうな顔になる。

「どうもこうもないですよ。あのあと大騒ぎになって、そのせいで俺まで桜貴会に入れる雰囲気じゃなくなるし。ソフィアとリンクス、それからミントはまだ意地を張っている。おかげでプラチナクラスもブロンズクラスの生徒たちまで内心では動揺しています」

プラチナクラスもブロンズクラスと同じ状況らしい。

これは困った。

「エトワさま、なんとかしてくださいよ。あなたの命令なら、あいつらだって聞くでしょう？」

「うーん、私はソフィアちゃんたちの嫌がることは命令したくないよ」

確かにソフィアちゃんたちに桜貴会の人たちと仲直りしてほしい。

そのほうがソフィアちゃんたちのためにもなるし。周りも安心だろうし。

でも、ソフィアちゃんたちが嫌がってるのに、無理やり入らせるのは違う。

いや、私がやりたくないのか。

『君ってわがままだよねぇ……』

神さまに言われたセリフを思い出す。

クリュートくんが私の言葉を聞いてため息をついた。

「のんきですねぇ。プラチナクラスの間じゃ、ソフィアたちと桜貴会が対立することになったのはあなたのせいだって噂《うわさ》が流れてますよ。今はみんな動揺してるだけですけど、対立が長引けばあなたへの嫌がらせに変わるんじゃないですか？」

「まあ、別にそれはいいよ。とりあえず、形だけの解決はだめだと思うね。ちゃんと桜貴会とソフィアちゃんたちが納得して付き合っていけるようにしないと」

「はぁ、勝手にしてください。俺は勝手にしますよ。みんなの噂《うわさ》が落ち着いたら桜貴会にも入ります」

「うん、情報提供ありがとう。それじゃあね～」

私はクリュートくんにお礼を言って別れた。

そして頭の中で解決方法を考える。

とりあえず問題は、感情的なものだ。

ソフィアちゃんたちは私を侮辱《ぶじょく》されたのが許せない。パイシェン先輩は、私のような失格者がいるのが気に入らない。

こうなるとやっぱり、パイシェン先輩に折れてもらうしかない気がする。

そもそも今回の件は、正直言ってしまうとパイシェン先輩が悪いと思っている。

本来、彼女たちは私にちょっかいを出す必要はなかったはずだ。

彼女たちにとって私は気に入らない相手だったのかもしれない。でも護衛役の子たちにとってどうだったかまではわからなかっただろう。

なのにお茶会の余興《よきょう》として、安易に私を呼んで嫌がらせをしてしまった。

シルウェストレの子たちだけと交流して、私のことを無視していれば、何も問題は起きなかったのだ。

ソフィアちゃんたちも桜貴会に入ってた可能性が高い。

あの子たちも桜貴会には憧《あこが》れていたのだし。

とりあえずソフィアちゃんたちが意地になってる以上、私が動くしかない。

でも、パイシェン先輩は話を聞いてくれるだろうか。そもそも会ってくれるだろうか。

道のりは不安ばかりだ。

＊　＊　＊

次の日の休み時間。

パイシェン先輩になんとか面会できないかと悩んでいた私のもとに、上級生の少女たちがやってきた。

少女たちは用件を手短に告げる。

「ルイシェンさまがお呼びよ。昼休みに生徒会室に来なさい」

「ルイシェンさま……？」

聞き覚えのない名前に私は首をかしげる。

「パイシェンさまのお兄さまよ！」

「最上級生で、小等部の桜貴会のまとめ役をしていらっしゃるお方よ！　小等部の生徒会長もやっていらっしゃるわ。くれぐれも失礼のないようにね！」

それだけ言うと上級生の少女たちは去っていった。

パイシェン先輩のお兄さんかぁ。

これは良い傾向かもしれない。

考えられる限り、関係者の中で一番大人な人物だろうから、冷静な話し合いができる可能性が高い。

年長の人で、パイシェン先輩のお兄さんだから、パイシェン先輩を説得するのもきっと楽だろう。

桜貴会の人も、この状況を憂《うれ》いていたんだと思う。

場をおさめられる人物が出てきてくれて、私もほっとした。

なんとかなりそうじゃないか。

とりあえず、お昼には生徒会室に向かおうかな。

生徒会室は五年生の教室がある棟だ。

あ、その前に――

私はプラチナクラスの教室にすたたたたと走って、クリュートくんを見つける。今日は一人だった。

「クリュートくんやぁ」

「げっ、エトワさま、今度はなんですか？」

「ソフィアちゃんたちに、今日は用事があってお昼一緒に食べれないって伝えてくれない？」

「なんで俺が……」

「まあまあ、クロスウェルさまへの報告で護衛役サボってること、ごまかしておいてあげるから」

「ぐっ……」

私が直接言うと、ソフィアちゃんたちにどこへ行くのか聞かれる可能性が高い。

パイシェン先輩のお兄さんに会うって言っても、ソフィアちゃんとリンクスくんはいい顔しないだろう。とりあえず、ここは秘密にしておくのがベストだ。

「そういうわけでクリュートくん、よろしくねぇ」

私はソフィアちゃんたちへの言伝《ことづて》はクリュートくんに任せて、お昼に生徒会室に向かうことにした。

＊＊＊

そしてお昼。

たどり着いた生徒会室は、シーンとしていた。

『人の気配は一つだな』

天輝さんがわざわざ教えてくれる。

「おじゃましま～す」

扉を開けると、豪華なテーブルが置かれた部屋に、一人、少年が立っていた。

パイシェン先輩と同じ水色の髪、黒縁《くろぶち》のめがねをかけた最上級生ぐらいの年ごろの少年。

たぶん、この人がパイシェン先輩のお兄さんのルイシェン先輩だろう。

その顔には穏やかそうな笑みを浮かべている。

私が生徒会室に入り扉を閉めると、ルイシェン先輩は声をかけてきた。

「えっと、エト……ワくんっていうのは君かい？」

「はい、エトワです。はじめまして、ルイシェンさま」

私はルイシェン先輩にぺこりとお辞儀《じぎ》をする。

ルイシェン先輩は椅子に座って、ため息をつき、困った様子で話し始めた。

「頭の痛いことになったよ。侯爵家の子供が桜貴会に入らないなんて、今まで一度もなかったことなんだ」

確かにクラスメイトたちも同じような話をしていた。ソフィアちゃんたちが桜貴会に入るのは、貴族社会では既定路線の話だったのだろう。

「桜貴会は伝統あるサロンでね。その中でも侯爵家の人間は、桜貴会に入って当然とされる、この会を構成する代表的な家格なんだ。もちろん、王家や公爵家の方には負けるけどね。審査され選別された者だけが入れる伯爵家以下の貴族とはその立場が違うのだよ」

むぅ、なるほど～。

実際、現在の小等部には侯爵家までの人間しかいないようだし、彼らが桜貴会の代表をやっている。

侯爵家の人間であり公爵家の跡継ぎになる可能性もあるソフィアちゃんたちの入会は、重要なものだったのだろう。

「残念ながら、小等部には公爵家以上の人間はいないし、しばらく入学する予定もない。このままの状態が長引けば桜貴会の名に傷が入るばかりでなく、運営にも支障が出てしまう。だから事態を早急に解決したいのだよ」

ほっ、どうやら悩みは共有できているようだ。

安心した。

じゃあ、あとは二人で解決方法を探すだけだと思う。

兄であるルイシェン先輩なら、パイシェン先輩を説得しやすいだろうし。

私がそう思っていると、ルイシェン先輩がテーブルに何かをドサッと置いた。

それは積み重ねられた札束だった。

貴族の子供のお小遣いとしては見たことがない金額だ。いくらほどあるかもわからない。

私はルイシェン先輩にたずねる。

「どういうつもりですか？」

「君は公爵家の後継者という立場を廃《はい》された身だが、護衛役の仮の主《あるじ》として彼らに命令する権限をもっていると聞く。これでシルウェストレの君《きみ》たちに、桜貴会に入るように命令してくれたまえ」

ルイシェン先輩はその顔に笑みを浮かべながら、朗々《ろうろう》と語る。

「十五歳になれば君は公爵家の庇護《ひご》下を完全に離れる。可哀想に。とても金が欲しいはずだ。この金があれば、貴族の立場を失っても、それなりに豊かに暮らしていけるはずだよ。シルウェストレの子たちに桜貴会に入るよう命令してくれれば、この金を君にプレゼントしてあげよう。嬉しいだろう？」

ルイシェン先輩はお金を手に取り、こちらに渡そうとしてきた。

「さあ、遠慮なく受け取りたまえ。これはニンフィーユ家から、才能も魔力もなく廃嫡《はいちゃく》されてしまった可哀想な君への慈悲《じひ》でもある。もちろんシルウェストレの子たちには秘密にしておくよ」

まさか断られるとは思ってない笑顔で。

「お断りします」

だから私がそう言ったとき、ルイシェン先輩は一瞬何を聞いたのかわからないという顔をした。

私の答えを認識すると、その表情がピクッと歪《ゆが》む。

でも、また笑顔を作って私に言う。

「これでは足りないかね。ふむ、君のような廃嫡《はいちゃく》された人間の強欲さを甘く見ていたようだ。それとも子供だから、まだ自分の立場がわからないのかな？」

「お金の問題ではないです」

私はルイシェン先輩の言葉を遮《さえぎ》る。

「今回の問題は、あなたたち桜貴会の方々が、ソフィアちゃんたちが大切にしているものを軽視したからこそ起きた問題です。そこをあなたたちが理解して歩み寄らない限り、その関係は決して改善しません」

私は確信した。

今の状態じゃ無理だ。この人たちと、ソフィアちゃんたちが仲良くするのは。

いや、この人がいるからこそ無理だと言える。

「ほう、どうしろと……？」

ルイシェン先輩の顔にはもう笑みはなかった。

そこにあるのは、もう隠しもしない私への侮蔑《ぶべつ》の感情と、逆らわれたことへの怒りだけ。それはパイシェン先輩があのとき、私に向けて浮かべていたものより、遥《はる》かに重く、頑《かたく》なだった。

「私を尊重してください。それなりでいいので。できないなら、そう演技するだけでもいいです」

「君は公爵家を廃《はい》され、もはや貴族の身分すらない存在なんだよ。この学校に通えていること自体が我ら貴族からの慈悲《じひ》だというのに、これ以上の立場で扱えと？」

「あなたたちにとってはそうでしょうね。でもソフィアちゃんたちにとっては違います。あの子たちは私のことを大切に思ってくれています。そんなソフィアちゃんたちのために、見せかけだけでも、私を立場ある人間として接することはできないのですか。別にずっとでなくていいです。あの子たちがあなたたちと打ち解けるまで。そうすれば、すぐにこの問題は解決します」

それを聞いて、ルイシェン先輩は私に怒りの形相を向けた。

彼が手を振ると花瓶の水が形をなして、私の胸倉《むなぐら》を掴《つか》み上げる。

「調子に乗るな。僕からの慈悲《じひ》を込めた提案を断るだけでなく、要求まで突きつけてくるなんて。なんで僕たちがお前のような下級貴族以下の失格者を、一時《いっとき》でも同列として扱わなければならない！」

結局、これがこの人の本音か。

金を払うのは良くても、わずかでも対等に接するのは嫌だと。

「それがあの子たちにとって大切なものだからです。大切にしてるものをぞんざいに扱われれば怒る。そんなの当たり前のことじゃないですか。あなたたちにとってソフィアちゃんたちが大切な存在というなら、ソフィアちゃんたちが大切だと思っているものも大切に扱ってみせることができるはずです。それができないというなら、あの子たちが大切にしているものを簡単に踏みにじる人たちだというのなら、そんな人たちとあの子たちが仲良くしてほしいとは私も望みません」

「何様のつもりだキサマは！」

先輩の激昂《げきこう》とともに、水がはじけて体が扉のほうに放り出される。

そのまま扉にぶつかって頭を打った。

いててっ。

でも、ここは平気な顔して立ち上がる。

「あの子たちの主《あるじ》ですよ。十五歳までのですが」

「……」

しばらく睨《にら》み合う。

生徒会室に沈黙が流れた。

ルイシェン先輩は沈黙のあと、私に絞り出すような声で言った。

「……覚えておけよ。お前のような者が侯爵家の嫡子《ちゃくし》である僕に逆らったことを」

私も最後にこれだけ言って生徒会室を出る。

「あの子たちと仲良くしたいなら、私の言ったことを考えておいてください」

廊下をしばらく歩いて――

人目がなくなってから頭を掻《か》きむしる。

「あぁ～、仲良くさせたかったのに、私が喧嘩《けんか》してどうするのさ～！」

これから、どうしたらいいだろうか。

あのルイシェン先輩を相手にするぐらいなら、パイシェン先輩のほうがまだ話が通じる気がする。

いや、でも今さらパイシェン先輩と和解できたとして、そもそも一番上のルイシェン先輩と喧嘩《けんか》しちゃったわけだしねぇ……

私の桜貴会とソフィアちゃんたちの仲を取り持つ計画は、速攻で暗礁《あんしょう》に乗り上げた。

第七章　ガイダーになりました！

ポムチョム小学校にやってきた。

リリーシィちゃんが心配そうに私の顔を見つめて話しかけてくる。

「どうしたの、エトワちゃん。疲れた顔してるけどだいじょうーぶ？」

「うん～、だいじょうぶだよ～」

とりあえず、桜貴会のことはしばらく放っておこう。

ああいう人が一番上にいるなら、すぐによくなる気はしない。時には我慢も必要だ。

あっちにとっても嫌な状況なのだ。時が経てば考えが変わるかもしれない。

最悪、あの先輩が卒業してから、パイシェン先輩と交渉し直すしかないかもしれない。

そう考えてたら、リリーシィちゃんがひしっと抱きついてきた。

「エトワちゃん、悩みすぎちゃだめだよー。悩みごとなんて、そのうちずーんっと解決しちゃうんだから」

そう言って私にすりすりしてくれる。

あぁ、かわいいいぃいぃ〜。

「そうだね〜！　えっへっへ！」

私はリリーシィちゃんの髪を撫《な》でながら癒《いや》されつつ元気をもらった。

でもリリーシィちゃん、ずーんっと解決は変だと思う。

＊　＊　＊

今日はウィークマン先生の授業だった。

先生は教壇《きょうだん》の前に立ち、私たちの顔を見回すと、こほんっと咳払《せきばら》いして言う。

「えー、今日は君たちに、冒険者としてどんな職業《クラス》を選ぶのか決めてもらおうと思います。職業《クラス》っていうのは、冒険者たちの役割分担を表す言葉だよ。一口に冒険者といっても、いろんな仕事があるからね。職業《クラス》にはそれぞれ長所と短所があって、みんなで助け合わなければ冒険はできません。だからここで一度、自分が目指す職業《クラス》を決めて、チームワークやお互いの強いところ弱いところを学んでいきましょう」

「俺は戦士になる！」

「僕は魔法使いかな」

「槍《やり》使い！」

「あたしは家が治癒《ちゆ》魔法の家系だから、ヒーラーを目指すの！」

先生の言葉に、子供たちがはいはいと一斉に答え出す。

私の場合、魔法はまったく使えないから戦士とか、剣士、槍《やり》使いかな。他にはシーフ、弓使いなんてのもあるかも。

配られた、主な職業《クラス》の書かれた紙を見てそう考える。

「私とエトワちゃんは戦士ー！」

ニコニコしながら、リリーシィちゃんが手を挙げて言った。

うんうん、とりあえず、私も戦士でいいかな。

「じゃあ、それぞれやりたい職業《クラス》を紙に書いてくれるかな」

先生から別の紙が渡され、やりたい職業《クラス》を書いていく。

その紙を集めて一通りチェックしたあと、ウィークマン先生は困った顔で言った。

「うーん、ガイダーをやりたい子はいないかな？」

「ガイダー？」

聞き慣れない職業《クラス》にみんな首をかしげる。

「パーティーの進路を決めるために地図を見たり、時には自分で地図を作ったり、アイテムの運搬をしたり、食料の管理をしたり、とても大事な職業《クラス》なんだよ」

「えー、何それださい！」

「脇役じゃん！」

「やりたくなーい」

ウィークマン先生の話すガイダーの仕事に、子供たちは顔をしかめる。

確かに子供たちが憧《あこが》れるような華々しい活躍がある職業《クラス》ではなさそうだった。

ウィークマン先生が困ったように頭を掻《か》く。

「うーん、とても大切な職業《クラス》なんだけどなぁ。物語を読むのとは違って実際の冒険は荷物はかさばるし、お腹も減る、道だって簡単に迷うからね。だから冒険者にとっては絶対に必要なスキルで、戦士や魔法使いだって一通りはできなきゃいけない。でもそれを専門に請《う》け負《お》ってくれるガイダーがいるとぜんぜん冒険の効率が違うんだよ？」

「やだー！　俺は剣の英雄になるんだー！」

「私もでんせつの魔法使いになるんだもん！」

ウィークマン先生がガイダーの重要性を説明しても無駄だった。

先生は頭を抱える。

「こ、困ったなぁ。明後日《あさって》、ノムドの森を実際に冒険してもらおうかと思ってたんだけどねぇ。いろんな職業《クラス》の特徴を理解してほしいから、主な職業《クラス》はそれぞれの班に一人はいてほしいんだ。誰かやってくれないかなぁ……？」

頼み込むような顔でウィークマン先生は子供たちを見る。

でも子供たちはぷいっとそっぽを向いて絶対にやらないって構えだ。

そりゃそうだ。みんなかっこいい職業《クラス》をやりたいもんね。

そこで私は手を挙げる。

「先生、私がやります」

「ええっ、エトワくん！　いいのかい!?」

かまいませんとも。

背格好はみんなと同じでも、私のほうが圧倒的にお姉さんなのである。

こういうときは、率先《そっせん》してやらねばなるまい。

「はい、大丈夫です」

それからリリーシィちゃんに謝っておく。

「ごめんね、リリーシィちゃん。一緒に戦士を目指す約束だったのに」

「ううん、でもエトワちゃんは本当にガイダーでいいの？」

子供ながらに、私が手を挙げた理由を察したのだろう。

リリーシィちゃんの問いかけに、私は胸を叩いて答えた。

「うん、これから立派なガイダーになってみせるよ！　リリーシィちゃんの冒険のサポートは任せて！」

それにリリーシィちゃんも笑顔になる。

「うん！」

私たちのやり取りにウィークマン先生も微笑んで、安心した顔をした。

「ありがとうございます。ということで、ガイダーはエトワくんが引き受けてくれることになりました。ガイダーはちょっと覚えてもらうことも多いので、放課後に少し残ってくれますか？」

「はい、よろしくお願いします」

どうやら私は冒険者としてガイダーの道を歩むことになりそうだ。

脇役は脇役で楽しみがあるよね。

それも余裕で楽しむのが大人の淑女《レイディ》ってもんです。ふふふっ。

＊　＊　＊

放課後、私はウィークマン先生と一緒に学校の裏庭にいた。

ガイダーについてのレクチャーを受けるためだ。

ポムチョム小学校の裏庭には古ぼけた倉庫や遊具、砂場なんかがある。子供たちでかくれんぼするときは、なかなかの人気スポットだ。

「引き受けてくれてありがとうね、エトワくん」

「いえいえ～」

ウィークマン先生にお礼を言われて、私は手を横に振る。

「あんまり時間をかけると悪いから、さっそく地図の見方を教えるね」

そう言うとウィークマン先生は古ぼけた地図を見せながら、その見方を説明してくれた。

基本的には普通の地図だった。森や道、建物などの位置が描かれ、目印や注釈《ちゅうしゃく》なんかがついている。

さらに冒険者特有の記号もあった。

「これが魔物除《よ》けがしてあるキャンプ地の目印、これは『危険な魔物に注意』のマークかな。こっちは似てるけど魔物の巣があるから注意。あとは隠し通路、飲める水、飲めない水なんかのマークもあるね」

ふむふむ。

なんか前世でやったゲームを思い出すかも。

どんな場所や冒険が待ってるのか想像すると楽しい。

「地図の右上には主に出現する魔物や、対応できるレベルの目安なんかも書かれてるよ。図鑑番号も書かれてるから、さらに詳しく知りたいときは、魔物図鑑と突き合わせてみるといいね」

魔物図鑑は冒険者ギルドから販売されている、魔物たちの情報が載った図鑑らしい。とても分厚《ぶあつ》くて何冊もあるし、高価だから普通は持ち歩かない。冒険者なら無料で借りられるから、冒険に必要なものだけを写し取って持っていくのが基本だとか。

学校の図書館にも一組買って置いてあるんだそうだ。

「魔物除《よ》けがしてあるキャンプ地を経由できるルートを作りながら、目的地へ向かうのが基本かな。でも、そういうキャンプ地がないところもあるから、そんなときは自分たちで魔物除《よ》けを準備したり、魔物除《よ》けの魔法が使える魔法使いを雇《やと》ったり、魔物の性質を利用して夜は近づかれないようにしたりするよ」

魔物除《よ》けは、結構高度な長期持続型の魔法らしい。

一度発動すると数年にわたって、その場所を魔物が無意識に避けるようになるんだとか。

難易度は持続時間や周辺の魔物の強さによって変わるそうだけど、いずれも腕の立つ魔法使いじゃないと無理みたいだ。

それでも短時間なら、その魔法と同じ効果を発揮してくれるアイテムもあるらしい。持続時間は一日未満で、お値段はそれなりに高価。

危険な土地で本格的な魔物除《よ》けを設置する場合、だいたいは専門の魔法使いを雇《やと》わなきゃいけないけど、成功した場合、ギルドにその場所を報告することによって雇《やと》ったお金の一部を負担してもらえたり、逆に報酬《ほうしゅう》がもらえたりすることもあるとか。

そういうことをやる余裕がないときは、古来からの魔物の性質を利用して、うまく魔物を除《よ》けたりするらしい。

具体的には周囲を聖水で囲むと寄ってこられない魔物、ある種の草のにおいを擦《こす》りつけておくと逃げていく魔物、動物と同じで火を恐れる魔物なんかがいる。

地図の見方に簡単な冒険のレクチャーもまぜながら、ウィークマン先生はガイダーの基本を教えてくれる。

昔は自身も冒険者だったというウィークマン先生の話は面白かった。失敗談が多かったけど。

「エトワくんは物覚えがいいね」

「そんなことないですよ」

褒《ほ》められてしまった。うっへっへ。

「これはまだ一年生には早いかなと思って教えるつもりはなかったけど、一応地図の描き方のほうもやってみようか」

「おお〜！」

地図を描きながら冒険する。

本物のＲＰＧみたいだよね。なうなゲームはオートマップ全盛の時代だけど、それはそれで萌《も》えるという需要がゲーム業界には存在する。

「はい、エトワくん」

先生は小さな望遠鏡みたいなものに、いろいろと別の道具がひっついたアイテムを渡してくる。

レンズのついてない細い筒。その下に分度器がついてて、それと交差するように重りのついた紐《ひも》が地面に向かって垂らされて振り子みたいにゆらゆらしてる。紐《ひも》の先についた重りは不思議な水晶で、淡い青い光を放っていた。

そんないろんなものが一緒にくっついたアイテムだ。

「それは簡単な測量器だよ。歩くたびに大地のマナを吸い込んでいて、一定距離を歩くと水晶の色が変わるんだ。それで簡単に距離を測って、ざっとした地図を描いていくのが基本かな。高低差なんかも計算できるけど、さすがに一年生には難しいからまた今度ね」

むぅ、三角関数ならもうルーヴ・ロゼのほうではやってるけど……

やっぱり普通の小学校ではやらないらしい。

貴族の子と普通の子たちの成長の早さの違いをあらためて知る。

「とりあえず、ここの周辺の見取り図を描いてみようか」

そう言って測量器を渡してきた先生に、私はそれを持ってしばし考える。

「う～ん」

「エトワくん……？」

立ち止まったまま何かを考え出した私に、ウィークマン先生が戸惑っている。

でも、私は別の場所に意識を集中していた。

私の視覚、心眼〈マンティア〉。それに命令し、微弱なマナを周囲へと飛ばす。

マナは周囲に広がって、そこに何があるのかを、色や位置まで教えてくれる。私はそれらの視覚情報を俯瞰《ふかん》するように組み直した。

そしてそれをペンで、渡された白紙に書き写していく。

それを見てウィークマン先生が驚く。

「すごい、なんて正確な見取り図なんだ……。そうか、心眼〈マンティア〉のスキルか!」

おお、うまくいったらしい。

心眼〈マンティア〉って後ろのほうだけじゃなく、自分の姿まで見られるから、人間の視覚とはちょっと違うと思うんだよね。今回は、それを応用できないかって考えた。

本当に便利な能力だよね。神さまがくれたレアスキルなだけある。

ウィークマン先生は、私の作った簡単な地図を見ながら信じられないという顔で呟《つぶや》く。

「う〜ん、ガイダーは君にとって天職だったのかもしれないね……。本当にすごいよ……これは……」

うっへっへ、また褒《ほ》められてしまった。

ガイダーを選んだのはみんながやりたがらなかったからだけど、このまま目指すのも悪くないかもと思ってしまった。

＊＊＊

地図についてのレクチャーを受け終えると、次はガイダーのもう一つの仕事、荷物運びの説明だった。

といっても、これはあんまり説明することなんてないんじゃないだろうか。

そう思っていたんだけど――

「説明するより、まずは見てもらったほうがいいかな」

ウィークマン先生は倉庫に入っていくと、そこから一つバッグを持ってきた。倉庫に置いてあったらしいけど、そのバッグの布地は真っ白できれいだった。

しかし、私はその大きさに衝撃を受ける。

でっか！

そのバッグはとにかく大きかった。

リュックサックの形で、私の背丈よりわずかに小さいけど、横にも広いから全体としては私よりも遥《はる》かに大きい。

中に入ってしゃがめば、すっぽり楽に入れてしまうと思う。

「とりあえず、冒険に必要な一式を詰め込んだ重さになってるから、持ってみてくれるかな」

「えっ……ええ～……」

これは、さすがに力を解放してない状態では無理じゃないかな……

幼児のころに比べると、私のひ弱さも改善された気がするけど、それでも他の子に比べて身体能力が優《すぐ》れてるわけではない。

「まあ、ものは試しだしやってみよう」

にこにことウィークマン先生がそう言うので、私も一応……という感じで試してみる。

地面に置いてあっても、私の身長と同じぐらいのバッグに腕を通すと、無理だろうな～っという感じで背負い上げてみた。

すると信じられないことに、ふわっとバッグが地面から浮く。

ええええええ、うそ。

持ち上がった！

なんで!?

ウィークマン先生がにこにこしながら言う。

「ガイダーの使うバッグには重量軽減の魔法がかけてあるんだ。剣士が使う剣や、魔法使いの杖と同じく、ガイダーの大事な武器なんだよ。この中に冒険に必要なアイテムや戦利品なんかを入れて、いざというとき他の冒険者が身軽に動けるようにしておくんだ」

「おぉぉ～！」

「そのバッグはガイダーを引き受けてくれたお礼に君にあげるよ」

「ほんとですか⁉　ありがとうございます！」

私は魔法のバッグの性能に感動してしまった。

確かにこのバッグはものすごく便利だ。でも大きくて動きの邪魔になるから、これを戦士や魔法使いが背負えば満足に戦えなくなってしまうだろう。

専門の職業《クラス》になるのも頷《うなず》けた。

ガイダーを引き受けたのは先生が困っていたからだけど、いろいろと勉強にもなるし、マジックアイテムまでもらっちゃうし、得したなぁって気分だった。

「冒険によく必要になるものはこの紙にリストアップしておいたから、家に帰ったらバッグの中のものと突き合わせてみてね。なかったら僕に言ってくれれば持ってくるから」

「はい～」

ここまでしてもらったら、立派にガイダー役をこなしてみせねばなるまい。

「それじゃあ、ガイダーとしての最後の仕事、みんなの食事の管理だけど。今回のクエストは朝の九時から昼の三時までを予定しているから、一緒のパーティーの子たちにお昼ごはんを用意してくれないかな。ボルゲェイ先生から君はとても料理上手だって聞いたから、任せても大丈夫かなって思ったんだけど、できるかな？」

「や、やってみます……！」

うまくできるのは卵焼きだけなんだけど、でも料理は今侍女さんたちといろいろ練習してるし。

ここは練習の成果の見せどころだ、がんばろう。

でも、どうもルーヴ・ロゼの授業とかぶっちゃうみたいだね。

家と学校にお休みしますって話しておかないと。

こうしてウィークマン先生のガイダーのレクチャーも終わった。

私がルーヴ・ロゼに戻ろうかとポムチョム小学校の看板を通り過ぎると、道の向こうからなんとミントくんが歩いてきた。

私たちは目立つので馬車通学をやめていた。

やっぱり一般的じゃなかったらしい。いや上位貴族の間では一般的らしいけど——そんなのどこも一般的ではない。

そして特に襲われる心配もないし、襲われても心配ないし、護衛役の子たちにあまり負担をかけたくないので、帰りの護衛は日替わりということにしてもらってる。

今日はミントくんと一緒に帰る予定だったのだけど。

「もしかして迎えに来てくれたの!?」

「うん、ここに通ってるって聞いた……」

相変わらずの無表情だし、考えてることはまだいまいちわからないけど、わざわざ来てくれるなんて嬉しい。

仲良くなれてるってことだよね。

「それじゃあ、一緒に帰ろっか」

「うん……」

その日は、ミントくんと一緒に帰宅した。

＊　＊　＊

家に帰った私は、みんなのお昼ごはんのメニューを考えていた。

ソフィアちゃんたちの問題の解決策は、まだ何も思いつかないし、とりあえずこちらを先に処理しよう。

パーティーは二つに分けるらしい。ガイダーのいるパーティーと、ガイダーのいないパーティー。

一つのパーティーは十一人だ。

さすがに卵焼きでは芸がない。

できることなら子供が喜んでくれるものがいい。

そうなると、ハンバーグ、カレー、シチューとかかな。

うーん、何がいいだろう。

ハンバーグは森でこねると大変そうだ。カレー、よく考えるとカレールーなんてこの世界にはない。シチュー、シチューも市販のルーを使ってしか作ったことのない私には、難しそうだ……

きちんと設備の整った台所で侍女さんに教わりながらならもしかしたら作れるかもしれないけど、屋外だときっと厳しいだろう。

あのバッグの中に入ってた調理器具は、底の深い中華なべみたいなフライパン一つ。

それでなんとか子供が喜び私でも作れるような料理を考えなければならない。

う～ん、何ができる？

もうちょっと何かないだろうか。持ち運びやすく、手軽にプラスアルファできる調理器具が……

悩みながら屋敷を歩いていた私の耳に、侍女さんたちの会話が聞こえてきた。

「このペンダント、銀細工なのになぜか錆《さ》びないんです……もしかして偽物なのかしら……」

「あら、妙に軽いわね」

「そういえば輝きも安っぽい気がするわ」

え、それってもしかして……！

私は侍女さんたちのほうに駆け寄っていった。

「それ！　見せてくれませんか！　そのペンダント！」

「え、エトワさま!?」

「は、はぁ、いいですけど……」

ぴょーんぴょーんと跳んでアピールすると、すぐに侍女さんがそのペンダントを渡してくれる。

持ってみると銀製にしては確かに軽い。それに輝きも薄ぼけた感じだ。

もしかして、こ、これはぁ……！

「すみません、これお借りしてもいいでしょうか！　お願いします！」

「は、はぁ……かまいませんけど……」

私はそれを持ってクリュートくんの部屋がある方角に走る。

「クリュートくん、クリュートくん！」

「わぁっ、なんですか、エトワさま」

いきなり部屋に入ってこられて、クリュートくんが驚いた顔をした。

「クリュートく～ん！　お願いごとがあるんだけど！」

「またですか。今度はクロスウェルさまに良い報告でもしてくれますか？」

「いや、今回は個人的な頼みごとだから、報酬《ほうしゅう》は特になし」

「ええ……」

クリュートくんはそう聞いて、やる気が数段下がった目をした。

でも、こっちもクリュートくんにあげられる報酬《ほうしゅう》はないんだよね。ここは地道に頼み込むしかない。

「ねっ、お願い！」

「うーん……」

「そうだ！　なんでも一回だけ言うことを聞くよ！　あ、他の護衛役の子に何かを命令するとかはなしね！　護衛役関係で有利になるのは無理で～す！　私の個人的に叶えられる範囲で！」

「あんま魅力的じゃないですね」

うん、私もそう思った。

「お願いしまぁーす！」

「ちょっ、やめてくださいよ……！」

私が土下座して頼み込むと、クリュートくんはため息をついて言った。

「はぁ、仕方ないですね。一回だけですよ」

やったー！

頼みを引き受けてくれたクリュートくんと一緒に外に向かってると、リンクスくんと廊下で会った。

「何やってるんだよ、エトワさま。もう夜だぞ」

「いやぁ、ちょっとクリュートくんにお願いごとがあってね」

それを聞くと、リンクスくんは眉《まゆ》をぴくりとさせた。

「エトワさまの願いごとなら俺がやる」

私はその言葉に、いやいやっと手を振る。

「リンクスくん土魔法使えないでしょ。今回は土魔法を使える人じゃゃないとだめなんだよぉ」

「……使える」

リンクスくんは少し沈黙すると、ぼそりと言った。

いや！　使えねぇよ！

君は風魔法と火魔法しか使えねぇよ！

お姉さん知ってるぞ！

なぜそんな嘘をつくかね。

じーっとこちらを見てくるリンクスくんに、私は聞いてみる。

「と、とりあえずついてくる？」

「おう……」

結局、よくわからないけど、リンクスくんもついてくることになった。

＊　＊　＊

調理場に寄って必要なものをもらうと、クリュートくんとリンクスくんと一緒に外に出た。

そしてクリュートくんに今回やってほしいことを説明する。

「このペンダントと同じ金属を集めてほしい？」

「うん」

クリュートくんが昔使ってた、砂鉄を集めて槍《やり》にする魔法。あれって別の金属でもできるんじゃないかと思う。

「なんでそんなことを……。確かにあれは地中の金属を探して掘り出すこともできますけど、あくまで十分な量の砂鉄が集まらないときの緊急手段で、普通は地表の砂鉄を集めるだけで十分なんですけどね」

おお、やっぱりできるんだ。

「ぜひお願いします！　それと集めたところで、一旦止めておいてもらえますか？」

「はぁ、わかりましたよ。でも初めてだから失敗しても知りませんからね」

「うんうん」

クリュートくんはなんだかんだ言いながら、魔法を使ってくれる。

魔力がクリュートくんの体から溢《あふ》れ出て、土の中に染み渡っていく。

やがて、土の中から何かが浮かび上がってきた。

それは赤いごろごろとした石だった。

「あれ……おかしいな……」

クリュートくんは失敗したと思ってそう呟《つぶや》くけど、私はこれだって思った。

たぶんこれボーキサイトだ。実物は初めて見るけど、前世の授業で写真を見せてもらったことがある。

「それでいいんだよ！　たぶんその中に、このペンダントと同じ金属がまじってるんだ！　クリュートくんの魔法で取り出せないかな？」

クリュートくんは私の説明にいまいち納得できない表情をしながらも「やってみます」と言って目を閉じた。

しばらく集中した様子で魔力を操作すると、あるときぽわぁんと光が出て、赤色の石が銀色の金属の塊《かたまり》と、赤い残りかすに分離した。

それを見てクリュートくんも驚いた顔をする。

「本当に出てきた……」

「すごいよ！　クリュートくん！　それがアルミニウムだよ！」

「ア、アルミニウム……？」

「うんうん」

私は大喜びでくるくるしながら、台所から借りてきた麺棒《めんぼう》を掲《かか》げる。

「それを紙みたいに薄くして、この棒に巻きつけてくれないかな！」

「ま、また意味のわからないことを……。わかりましたよ……」

クリュートくんがまた魔法を使う。

槍《やり》を作るときのように金属が変化し、長く薄い紙みたいになっていく。

それが麺棒《めんぼう》にくるくると巻きついていく。

そうしてそれは完成した。

アルミホイル！

「うおぉぉぉ、すごいよ！　すごいよ！　クリュートくん！　天才だよ！」

「それでいいんですか……？」

「うんうん！」

クリュートくんは銀色の金属の紙がぐるぐると巻かれた麺棒《めんぼう》を、わけのわからないものを見るような目で見て言う。

「そんなもの、なんの役に立つんですか？」

「ふっふっふ、これがいろいろと役に立つんだよ〜。ありがとうね。とっても助かったよ。クリュートくんは本当にすごいね」

「別にすごくねーよ、そんなやつ……ぜんぜんすごくねぇ……」

ファンタジーの世界でアルミホイルを作り上げてしまったクリュートくんをひたすら褒《ほ》め称《たた》えていると、後ろからぼそっと声がした。

あっ……リンクスくんのこと忘れてた……

振り返ると、リンクスくんは木のまたに座って、横を向いて完全に拗《す》ねていた。

ずっとクリュートくんと二人でやり取りしていたせいか、会話から漏れたリンクスくんの機嫌を損《そこ》ねてしまっていたようだ。いや、特に用事もないのについてきちゃったから、当然といえば当然なんだけどね。

でも、もうちょっと気を遣うべきだったよね。ごめんよぉ～。

どうしようこれ……

私は少し考えたあと――

「そ、それじゃあ、アルミホイルの使い方を実践してみせようかなぁ～……」

そう言いながら、懐《ふところ》からじゃが芋を一つ取り出す。

あとでちょっと試してみるつもりだったのだ。

出来立てのアルミホイルをちぎって、それで芋を包む。

それから困ったように空を見上げて言う。

「あぁ～、困った。そういえば火をおこすものを忘れてきちゃった。誰か火をつけてくれる人がいると助かるな～」

「俺がやる！」

リンクスくんは素早く立ち上がり、私の集めた枯れ枝に火をつけた。

私は飛び上がって、リンクスくんに向かって喜んでみせる。

「すご～い！　ありがとう、リンクスくん。とっても助かったよ！　やっぱりリンクスくんの火魔法ってすごいね！」

「別に。これぐらい楽勝だ」

リンクスくんは照れてまたそっぽ向いてたけど、機嫌を直してくれたようだ。

ふう、よかった。

どうやらリンクスくんの機嫌も直ったようなので、私はアルミホイルに包んだ芋を、焚《た》き火の中に入れる。

男の子二人は驚く。

「え、燃えちゃうんじゃないですか？」

「大丈夫なのか？」

「ふっふっふ、見てて～」

火を眺めること、二十分ぐらい。

火を消してもらって、お芋を取り出すと。

あっちっち。

二人の前でアルミホイルをむいてみせると、表面は少し焦げてるけど、中はほくほくのお芋が出てきた。

「お、おぉ……」

「俺の魔法で調理器具を……」

「はい、三人で分けよ」

できたお芋は三人で分けた。塩とバターも持ってきたので味つけに。

「うまい」

「まあ、美味《おい》しいです……」

なんだかんだ二人も満足してくれたようだった。

＊　＊　＊

その夜、部屋にいると、こんこんと扉を叩く音がした。

「はいはーい」

扉を開けると、寝間《ねま》着《き》姿のソフィアちゃんがいた。大きな何かのモンスターらしきぬいぐるみを抱えている。

「あれ、どしたの？」

私がたずねると、ソフィアちゃんは少しもじもじしながら言った。

「あの……今日は一緒に寝てもいいですか？　エトワさま」

あぁ、まだ一年生だもんね。そういう日もあるよね。

むしろ親もとから離れて、そのことに文句も言わず暮らしてるのだから偉いと思う。

「うん、いいよ。一緒に寝よっか」

「はい！」

私が親指を立てて頷《うなず》くと、ソフィアちゃんは嬉しそうにかわいくジャンプした。

まだ寝る時間ではなかったから、二人でカードゲームをしたり、おしゃべりしたりしながら楽しい時間を過ごした。

十時ごろになってソフィアちゃんがうつらうつらし出す。

「それじゃあ、そろそろおやすみしようか」

「はい、エトワさま」

ベッドは大きいから、私たち二人で寝ても余裕だ。

明かりを消して、ベッドに入る。

まだあまり眠くなかったので、暗くなった部屋でじっとしていると、もう寝たと思っていたソフィアちゃんがぽつりと呟《つぶや》いた。

「エトワさま……、私たちエトワさまにご迷惑をおかけしてるでしょうか……。桜貴会に入ったほうがいいんでしょうか……」

その言葉に、はっとなる。

ソフィアちゃんも今回の件での私の立場を気にしてくれてたのだ。さびしかっただけでなく、それもあって私の部屋に来てくれたのだろう。

自分の至らなさに気づくとともに、この子たちはやっぱり聡《さと》すぎるのだと思った。まだ小学一年生なのだ。自分のことしか考えられなくて当たり前で、きっとまだそれでもいいのに、周りのことや私のことにまで気がついて悩んでしまう。

私はその銀色の髪を撫《な》でた。

「ぜんぜん迷惑なんてしてないよ。私はソフィアちゃんが入りたいと思ったときに入ってくれたほうが嬉しいかな。だってソフィアちゃんが楽しそうにしてるほうが、私も楽しい気持ちになるから。だから無理はしないで、自分の気持ちに素直に行動してほしいと思ってるよ」

「はい……」

うん、無理やり仲直りはやっぱりだめだよね。

とりあえず、時間はかかるかもしれないけど、お互いが歩み寄れるまで待ってみよう。

この子たちはまだ一年生だもん。少しぐらい回り道をしても遅くない。

その間は私も辛抱だ。

頭を撫《な》でていると、ソフィアちゃんがぎゅっと抱きついてきた。

おーよしよし。わしゃしゃしゃしゃ。

そうしてるうちにソフィアちゃんがすやすやと寝息を立て始める。

私もだんだんと意識が薄れていって――

「んぐ……おぉぉぉ……寝苦しいぞぉ～」

夜中に目が覚めたら、ソフィアちゃんが私をぬいぐるみのように抱きかかえて寝ていた。

がっつり抱き寄せられてるので、お腹や首の下あたりが微妙に絞まっている。おかげで首ぐらいしか動かせない。

ソフィアちゃんは幸せそうな寝顔をしている。

ちょっと涎《よだれ》が垂れてるのも、顔がかわいいとチャーミングではあるが……

ああ、普段はこういう風に寝てるのね……

私はソフィアちゃんがぬいぐるみを抱えて部屋にやってきたのを、ようやく思い出す。

そのぬいぐるみはテーブルの上にのって、ちょっとさびしそうに私たちを見ていた。

次は君も一緒に寝ようね……君のためにも……私のためにも……

私はそう心の中でぬいぐるみに語りかけながら、ソフィアちゃんを起こさないように

じっとして次の睡魔《すいま》が来るのを待った。

＊＊＊

次の日の学校。

休み時間に、明日の午前の授業をお休みする書類を先生に提出して、教室に戻ろうと

歩いてると、天輝さんが私に警告した。

『エトワ、上だ』

「うえ？」

上に何かあるのかと思って空を見上げると、上から水が降ってきた。

んぎゃあああああ。

私は見事にそれをかぶり、びしゃびしゃになる。

しかも、泥水だった。瞬《また》く間に制服がどろどろになっていく。

『すまん……普段のお前の行動パターンや、のっそりした動きも考慮して注意すべき

だった……』


天輝さんが珍しく謝る。微妙にディスられたけど。

上からくすくすと女の子たちの笑い声がして、走り去っていく気配がした。

ぬおぉぉ、クリュートくんの警告通り、ついに嫌がらせが始まってしまったか。

しかし、これははっきりいって想定外だー。

「どうしてこう、すぐに問題になりそうな嫌がらせをするかねぇ！　もっとこそこそしたのをお願いしますよ！　それならこっちだって隠しやすいのにぃ！」

長期戦を覚悟した以上、嫌がらせも受けるだろうと予想はしていたけど、初手がこんなにあからさまな手段でくるとは思ってなかった。

これでは周りが見れば一発で何かあったとわかってしまう。

ソフィアちゃんたちに伝われば大激怒すること間違いなし。先生に伝われば家にも伝わり、生徒だけでなく家も巻き込んだ問題になってしまうのではないだろうかぁ。

「困ったなぁ……洗ってもごまかせないよねぇ……」

『魔法でも使わない限り無理だな』

「一旦家に帰って着替えて、侍女さんたちに口止めするのがベストかなぁ……」

それでもソフィアちゃんたちや家には伝わりかねない。

「ん～……ここは学校をサボって町の洗濯屋さんにでも行こうかな。それならソフィアちゃんたちにもなんとかごまかせるだろうし。今はとにかく心配させないようにしないとねぇ」

そう思っていたら、天からシャワーのように水が降ってきた。

それは霧雨《きりさめ》のような細かな粒で、私の体にまとわりつき、制服についた泥を落としてくれる。

えっ、これは……

空から降ってくる雨によって制服は瞬《またた》く間にきれいになっていく。

私は空を見上げて言った。

「これは神の奇跡じゃ～、天のお恵みじゃ～！」

そして汚れがきれいになると、水をたくさん含んだ制服から、熱もないのにどんどん水分が抜けていく。乾いていく！

「す、すごい……！」

私は目を見張る。

数分後、私の制服はすっかり元の状態に戻っていた。着心地も抜群だ。

「神さま、ありがとう～！」

私はぴょーんと大ジャンプして、空を見上げておっきな声でお礼を言う。

「やっぱりアホだわ……」

近くの茂みからボソッと声がしたかと思うと、がさがさと誰かが去っていった。

私は気づかなかったふりをして、空を見上げた姿勢を維持しながら、天輝さんと会話する。

さっきのってあの人だよね。

『まあ、お前の考えてる通りの人物だ』

私だってアホじゃない。

いやアホかもしれないけど、さすがにさっきのが神さまのおかげとか本気で思ってるわけではない。

相手が隠れてやってるのだから、こうやってごまかすしかないじゃない。

どうも、この騒動の元凶になった人物も、少なからず悪いとは思ってくれてるらしいことがわかった。

といっても、私に対してじゃなく、ソフィアちゃんたちに対してや、騒動になってしまった周りに対してだろうけど。

そのことが今さらわかっても、そのお兄さまと喧嘩《けんか》しちゃった以上、これでハッピーエンドとはいきそうにない。

でも、ルイシェン先輩さえどうにかなれば、かなり状況が好転しそうなこともわかった。

そのルイシェン先輩が問題なのだけど……

＊＊＊

昼休み、ルイシェンは職員室にいた。

生徒会長をしているルイシェンは、先生から仕事を任されることも多い。たいした家格でもない教師たちから指示を受けるのは屈辱《くつじょく》だが、この学校の生徒であるうちは彼らに従うのが貴族のルールなので、そこは我慢するしかない。

それに物事のよくわかっている教師は、ちゃんと侯爵家の嫡子《ちゃくし》である自分に融通《ゆうずう》を利かせてくれるのだ。

生徒会活動の報告書を提出したあと、職員室を出ようとすると、誰かの机の上に見たことのある名前を見つけた。

エトワ・シルフィール。

気に入らない名前だ。いや、今やもっとも気に障《さわ》る名前と言える。

その紙は授業を休むための届出だった。

理由の欄には『ノムドの森で冒険者としての実習をするのでお休みします』と書いてあった。

「ほう……」

ルイシェンの顔に暗い笑みが浮かんだ。

第八章　恐るべきモンスター、その名はモサモフ

町外れにある森の前に、ポムチョム小学校冒険者クラスの一年生の子たちが集まっていた。

当然、私もいる。

今日は一年生の子たちが初めて冒険を体験する日だ。

天気は曇りだけど、幸い雨は降っていない。

「それじゃあ、君たちには二つのパーティーに分かれてもらう」

冒険者クラスの人数は全部で二十二人。

一つのパーティーにつき十一人で、私はリリーシィちゃんと同じ班だ。

「ノムドの森の中に金色のメダルを置いてあるから、それを八つ取ってきてくれるかな。メダルがある場所は、ちゃんと地図に描かれているよ。競争じゃないから、焦らずゆっくり攻略してね」

冒険の内容は簡単に言うと、オリエンテーリングだ。

森に置かれたメダルを、地図を頼りに探し出す。そして八つ手に入れたら先生のところに戻ってそれを渡せばクエストクリアで、なんとお菓子がもらえる。

「楽しみだねぇ」

木製の剣と、家から持ってきたらしい木製の兜《かぶと》をかぶったリリーシィちゃんが、嬉しそうに言う。

「へっへっへ、そっちはガイダーっていう足手まといが一人いるんだ！　戦えるメンバーが十一人いるこっちのほうが早いに決まってる！　勝ちはもらったぜ！」

「なにおー！　ガイダーがいても私たちの力で逆転してやるんだもん！」

先生も言ってたけど、競争じゃないんだけどねぇ……。

子供たちは競争する気満々のようだった。

みんなが自慢の剣や槍《やり》、弓や魔法の杖なんかを持ってクエスト開始だ。ちなみに安全を考えてか、どれも刃物はついてない。全部、木製だ。

「さっそく、出発だー！」

私とは別のパーティーの子がさっそく、森の中へと駆けていく。

「私たちも行こう！」

ということで、私たちも森の中に入ることになった。

「よーし！」

リリーシィちゃんが胸の前で握りこぶしを作って、ふんっと気合を入れる。

がんばれー、リリーシィちゃん。

子供たちの荷物を魔法のバッグで肩代わりした私は、心の中で、応援の旗をぱたぱた振る。

森の中を歩いて数分ほど。草むらの陰からぴょんっと何かが姿を現した。

「モンスターだ！」

子供たちがきゃーっと叫ぶ。

現れたのは、バレーボールぐらいの大きさの、丸っこくて毛がもさもさしているモンスターだ。

この森にいる唯一のモンスターで、名前はモサモフという。

全部で三匹が出てきて、冒険者となった子供たちの前に立ちはだかる。

いくらちっさいとはいえ、モンスターと小学一年生を戦わせて大丈夫なのかと思うかもしれない。

私もその点が疑問で、ウィークマン先生に質問したら、種明かしをしてくれた。

「実はモサモフは魔物ではなく、土精《つちせい》と呼ばれるものの一種なんです。通りかかった旅人なんかに飛びかかって、倒されることによって、森全体に満遍《まんべん》なくマナと養分を撒《ま》いていくんです。モサモフが人間に危害を加えることはないんですよ」

ということらしい。

「くらえー、必殺ニョチボンランス！」

子供の放った突きを、モサモフは避《よ》けることなくじっと待って当たり、ぱたんと倒れる。

攻撃を受けたモサモフはそのまま光になって、周囲の土にばら撒《ま》かれ、そこでの植物の育成を助ける。おつかれさまです。

「私の魔法で倒すわ。みんなえいしょうの間、私を守って！」

魔法を使える子が呪文の詠唱《えいしょう》を始める。ソフィアちゃんたちのように一言二言《ひとことふたこと》で発動させることはできず、長い詠唱《えいしょう》に入る。呪文を唱《とな》える口調もどこかたどたどしい。

呪文の詠唱《えいしょう》は一分を超えた。その間、モサモフさんは反復横跳びをして子供たちを適度にびびらせながら、呪文が完成するのを待っている。

意外とお茶目だな、この土精《つちせい》さん。

「できたわ！　火球《かきゅう》！」

女の子の魔法が完成する。

その手のひらから、ポンッと握りこぶしぐらいの火の玉が現れた。

モサモフさんはすかさずその火の玉にぶつかって倒れて、マナと栄養をばら撒《ま》いていく。

「よーし、私も！」

決心した顔で、リリーシィちゃんが剣を構える。

「てやー！」

兜《かぶと》が重いのかよたよたした足取りで、最後のモサモフさんに切りかかる。

威勢よく切りかかったのはいいが、気合の入りすぎか、剣の軌道はモサモフさんからずれていた。

するとモサモフさんはささささっとリリーシィちゃんの剣が振り下ろされる軌道に移動して、当たりに来てくれた。

木剣《ぼっけん》がモサモフの頭をぺこっと叩く。モサモフはそのまま倒れて消滅していった。

ありがとうございます。

私は心の中で手を合わせる。

「やったよ～、エトワちゃん」

「うん、さすがリリーシィちゃん！」

私は初モンスターを倒して大喜びのリリーシィちゃんに拍手をした。

「よし、この調子ですぐに追いつくわよ！」

そう言って走っていこうとした子供たちを、私は止める。

「あ、ルートはこっちね」

進もうとした方角から、斜めにずれる道を私は示す。

「えええ？　あいつらは一つめのメダルまで最短距離を進んでるのよ。こっちは迂回《うかい》ルートじゃない。差がついちゃうわ！」

「まあまあ、一つめだから焦ることはないよ。こっちに行ってみよう」

焦る子供たちをなだめて、私は一つめのメダルをぐるっと迂回《うかい》するルートを歩く。

途中で、私たちのパーティーとは別の子供たちの悲鳴が聞こえてきた。

「わー！　モンスターに囲まれちゃったー！」

「いっぱいいるよー！」

横目に見ながら通り過ぎると、四十匹ぐらいのモサモフさんが他のパーティーの子たちを囲んでいた。

モサモフとはいえあれだけいたら、倒すのに時間はかかるだろう。

「すごい、あれを知ってたの？」

「うん、地図にまっすぐ行くとモンスターがいっぱいいるって書かれてたからねー」

実際のところ、地図にはモンスターの分布がはっきり書かれているわけではない。

でも、よく見ると今回の地図には、マナの薄い場所、濃い場所が色分けして記《しる》されているのだ。

さらにモンスター図鑑をチェックすると、モサモフの性質として、マナの薄い場所ほどたくさん出現すると説明されている。

この二つの情報を組み合わせれば、モサモフさんがいっぱい出てくる場所がわかるのだ。

特に一つめのメダルを目指す最短ルートはマナが極端に薄く、モサモフの多発地帯になっていた。

「すごい、これがガイダーの力なんだね」

「まあ、みんなちゃんと調べればわかった情報だけどね」

「私、魔法の練習ばかりしてたからわからなかった……」

「俺も槍《やり》の突きの練習ばかりしてた……」

確かにちょっと下調べ不足かもしれない。

でも、お互いの欠点を補《おぎな》って助け合うのが冒険者の職業《クラス》制度だ。

「うん、戦闘は君たちに任せるよ！　私は弱いからね！　代わりにルート選択は任せてくれたまへ！」

「おー！」

「やるぞー！」

それからほどなく、私たちは一つめのメダルを先にゲットした。

＊＊＊

ノムドの森でのクエストが始まって、二時間ぐらい経った。

私たちは順調に、メダルを四つゲットしていた。

天気は相変わらず曇りだけど、歩く分にはそのほうが楽でいい。ただ森には薄く霧のようなものがかかり始めていた。視界を遮《さえぎ》るほどではないので、遭難の心配なんかはなさそうだけど。

「お腹すいたよー」

「私も～お腹減った～」

お昼の時間が近づいて、子供たちはお腹が空いてきたようだ。

「そろそろごはんにする？」

そう言い出す子供たちに、私はもう少し歩こうと言う。

「もうすぐ魔物除《よ》けのかけてあるキャンプがあるから、そこまで歩こう。そしたら、みんなのごはんを作るよ」

ガイダーのいる私たちのパーティーでは、私が食料を運んでいる。その分、みんな身軽だ。

もう一つのパーティーでは、それぞれごはんを持ってきているらしい。

実は私の荷物の大半は、買ってきた食材である。ちょっと分量がわからなかったから多めに持ってきてしまった。むしろ多すぎたかもしれない。

「は～い」

この森のガイドでそれなりの信頼を掴《つか》めたのか、パーティーの子たちは素直に私の指示に従ってくれる。

そうして歩いて十分ほど。魔物除《よ》けがしてあるキャンプ地にたどり着く。

中心に石を重ねて作られたかまどがあって、その周り直径六メートルほどを、円形の魔法陣が囲んでいる。これが魔物除《よ》けだ。

「それじゃあ、今からごはんを作るね！」

私は置いてあった古いテーブルの上にクロスを敷いて、食材や調理器具を取り出す。

まな板に包丁にフライパン。油、塩、それから玉ねぎにパプリカにニンジンなどの炒めてすぐ食べられる野菜。あとは鶏肉、傷《いた》まないように氷も持ってきた。

ついでに食器も並べておく。深皿を割れないようにきれいなタオルで包んで持ってきた。

「何作るの～？」

「ふっふっふ、できてからのお楽しみです」

私はそう言いながら、まな板で野菜を切っていく。

パプリカは苦手な子も多いだろうから小さめに、玉ねぎはざっくりと、ニンジンは火の通りやすい大きさに切る。

あ、鶏肉を切るのを忘れていた。これは一口サイズぐらい。

材料を切り終わったら、フライパンに油を引いて、まずは鶏肉を炒める。フライパンにも重量軽減の魔法がかかってるので、子供の手でも振れるのだ。

表面を焼いてから、中まで火が通るようにじっくり炒める。

ちょうどよく焼けた鶏肉を深皿に移すと、次は野菜だ。

まず火の通りにくいニンジンを。玉ねぎもすぐに入れてしんなりするまでじっくり炒めて塩でちょっと味つけする。最後にパプリカも入れて火を通す。

リリーシィちゃんが料理のにおいをくんくんと嗅《か》いでうっとりする。

「いいにおい〜。もう完成？」

「ごめんよ〜、まだちょっとかかるんだぁ」

ここからホワイトソースを作る。バターを溶かして小麦粉を炒めたあと、それに牛乳を加え、だまにならないようにまぜていく——予定だったんだけど、練習してもまだうまくいかなかった。

そんなわけで、今回は侍女さんたちに作ってもらったホワイトソースを凍らせて持ってきました！　ありがとうございます！

ホワイトソースをフライパンで解凍していくと、美味《おい》しいにおいが森に流れる。

子供たちもなんの料理かわかってきたようだ。

「もしかしてグラタンじゃない？」

「ええ、でもオーブンがないよ⁉」

ふっふっふ。

私は鶏肉と炒めた野菜を入れた深皿に、ホワイトソースを入れて、そこにチーズをどーんっとのせた。

「やっぱりグラタンよ」

「でもどうやるの？」

ここで取り出したるは、アルミホイル！

私はそれで深皿を包んでいく。

「な、なにそれ……」

「ふっふっふ、秘密兵器だよ～」

アルミホイルで包んだ深皿を、焚《た》き火の底のほうに入れる。

「えええええ、燃えちゃうよ⁉」

「だ、大丈夫なの⁉」

料理が台無しになると思って大騒ぎする子供たちを尻目に、私はじっとグラタンの完成を待つ。

そんなに時間はかからない。

二分ぐらいしたら、アルミホイルで包んだお皿を木の棒を使ってうまく取り出す。

そしてアルミホイルを開いてみせた。

中からはチーズがしっかり溶けて、ほっかほっかのグラタンが出てきた。

これが屋外でもできるグラタンのアルミホイル焼きじゃ～。

「グラタンだー！」

子供たちに渡していく。

私はやけどしないようにタオルと一緒に、できたグラタンをどんどん子供たちに渡していく。

「熱いから気をつけてね～」

思った通り、パーティーの子たちの目が輝き出す。

グラタンっていえば子供たちの好物だよね。

「すご～い！」

子供たちは嬉しそうに、熱々のグラタンをスプーンですくって口に運んでいく。

「あつっ、でもおいしい～！」

「冒険でグラタンが食べられるなんてしあわせ～！」

「さすがエトワちゃん！」

みんな夢中で食べてくれる。

ふう、がんばって準備した甲斐《かい》があったよ～。

私も後片付けをして、グラタンに手をつけようとすると、ふと森のほうから気になる声が聞こえてきた。

「これって泣き声……？」

『増幅する』

天輝さんが音を増幅してくれる。

やっぱり泣き声だ。

「どうしたの？　エトワちゃん」

私の様子に気づいて、リリーシィちゃんが首をかしげる。

「ごめん、私ちょっと行ってくるね、すぐ戻るから」

「え？　エトワちゃん⁉」

私はキャンプ地を離れ、泣き声のする方角に向かった。

森を進んでいくと、子供たちの泣き声がだんだんと近づいてくる。聞き覚えのある声。

私たちとは別のパーティーの子たちだ。

木々を抜け、声のする場所までたどり着くと、そこには地獄の光景が広がっていた。

「うわぁあああん！　うわぁぁぁあああああん！」

「僕のごはんが盗《と》られたぁあああ！」

「あたしのパンも食べられちゃったぁあああー！」

地面に座って泣き崩れる子供たちと、それを意に介さず、彼らから奪ったパンやウインナーをもぐもぐと食べ続けるモサモフさん。

恐らく食べているのは子供たちが各自で用意したお昼だろう。

そのすべてが子供たちの手から奪われ、モサモフさんの口の中に入っている。

そう、人間に危害を加えることのないモサモフだが、実は一つだけ困った性質がある。モサモフは人間は襲わないけど、人間が食べようとするお弁当には容赦なく襲いかかってくる。

きっと食べてそれも森の栄養にするつもりなのだろう。普段は小学生でも倒せるモサモフさんだが、このときばかりは容赦してくれない。

だから私は魔物除《よ》けのあるキャンプ地まで移動してから調理を始めたのだ。モサモフさんに子供たちのごはんを奪われないように。

子供たちのいるこの場所は、キャンプ地にもうすぐたどり着ける場所だった。

恐らくメダルを見つけるのに時間がかかってお昼になり、休憩所までたどり着くのを我慢できずに、お弁当を開いてしまったのだろう。

その結果が、この悲劇である。

私はそこらへんの枝を拾って、モサモフさんの頭を叩いていく。

モサモフさんは子供たちから奪った食料ごと、はじけて森の大地に消えていった。きっとそれも、これから生えてくる植物の栄養になるのだろう。

そして泣いてる子供たちを助け起こす。

「大丈夫？」

「うぅっ、あたしたちのごはんなくなっちゃった……」

モサモフさんを倒してもごはんは戻ってこない。

子供たちは泣きやんだけど、まだ悲しそうだった。

私は彼らに提案する。

「実は私のパーティーのごはんの材料がまだ余ってるんだ。よかったらそれでごはんを作ってお昼に食べる？　食べたいなら料理を作ってあげるけど」

「いいの……？」

私からの提案に、子供たちは目を丸くする。まさかライバルパーティーのガイダーである私が助けると言い出すとは思わなかったのだろう。

それに私は親指を立てて頷《うなず》いた。

「うん、ぜんぜんオッケーだよ。冒険に大切なのは助け合いだからね。それじゃあ、魔物除《よ》けがあるキャンプまで移動しようか～」

そうして私はキャンプ地に別パーティーの子たちを連れ帰り、同じようにアルミホイルを使ったグラタンを振る舞った。

グラタンは子供たちに好評で、目を赤くしていた子供たちも、笑顔に戻ってくれた。

「ありがとう、エトワちゃん」

「ガイダーのこと馬鹿にしてごめんね」

「俺たちもガイダーがいるパーティー作ればよかった……」

ふっふっふ、みんなガイダーの良さをわかってくれたようだ。

ウィークマン先生の授業も大成功じゃないかな？

「午後からは十一人じゃなくて、みんなで一緒に行かない？」

また何かあったら大変だし、私は別パーティーの子たちにそう提案した。

子供たちも、ちょっと力不足を感じていたのだろう。私の提案に驚きつつも、好意的なリアクションをしてくれる。

「いいの!?」

「それなら助かるんだけど……」

一緒に行きたそうにこちらをうかがう別パーティーの子たちに、私は頷《うなず》く。

「うんうん、もともと競争じゃないし、十一人より二十二人。みんなでやったほうが早く攻略できるよ～」

「私たちも歓迎だよ！」

同じパーティーの子たちも賛同してくれる。

「それじゃあ午後からはみんなでこの森を攻略だー！」

「おー！」

そんなわけで、午後からは二十二人パーティーで行動することになった。

初めてのクエストは、自分も役割を果たせて楽しかった。料理も満足してもらえて嬉しかった。

「午後からも楽しくなりそうだねぇ――んっ⁉」

そう呟《つぶや》いたとき、私は急速に森の気配が変わり始めたことに気づいた。

土精《つちせい》の森は、ついさっきまで私たちを見守るように、穏やかな空気で包んでくれていたはず。なのに今はピリピリとした緊張感みたいなのが漂《ただよ》い始めている。

子供たちはまだその変化に気づいていない。

「よーし、それじゃあそろそろ出発しよう」

「だめ！　まだ魔物除《よ》けから出ないで！」

私は大声で彼らを止めた。

「え、エトワちゃん……？」

リリーシィちゃんが戸惑うように私を見つめる。

私はパーティーの子が誰もここから出ていかないように意識を集中した。

やがてノムドの森の気配を変えてしまった存在が姿を現し始める。

子供たちもその姿を見て、ようやく異常事態に気がついた。

「あ、あれってなに……？」

「モ、モンスター？」

「あたし絵本で見たことある。ウォ、ウォーターエレメントだ……」

「で、でも真っ赤だよ……それにあんなにいっぱい……」

禍々《まがまが》しい赤い人型の水が、森に溢《あふ》れ返り始めていた。

第九章　ノムドの森の異変

エトワが森に入って間もないころ。

職員室で見た紙に書いてあった情報を頼りに、ルイシェンはノムドの森の前までやってきていた。

「ふん、小汚い森だな。我ら貴族たちの学《まな》び舎《や》ルーヴ・ロゼがある町に、まだこんな古ぼけた森が残っているとは。さっさと潰して施設でも建てればいいものを」

その隣にはちょっと戸惑った表情のパイシェンもいた。

「本気ですの、お兄さま？」

その態度は兄とは違い、ここに来たことに気の進まない様子だった。

「当たり前だ。あのエトワという女は、爵位すら継げない身分でありながら、僕たちニンフィーユ家に逆らい馬鹿にしたんだ。罰を受けて然《しか》るべきだろ？　なーに、ちょっと怖がらせてやるだけだ。僕のウォーターエレメントの力でね」

「さ、さすがにやりすぎでは……？」

「制御を誤《あやま》らなければ、召喚《しょうかん》したエレメントは僕の命令に従う。パイシェンは僕の力が信じられないのか？」

「そ、そういうわけではありませんわ……」

ルイシェンはにやにやと笑いながら、地面に魔法陣を描いていく。

それを見たパイシェンが、あらためて決心した表情で言った。

「やっぱりやめましょう、お兄さま。所詮は学校でのちょっとした諍《いさか》いです。魔法まで使ってやり込めるなんて、やはり度が過ぎます」

パイシェンだってあのエトワとかいう失格の娘のことは気に入らない。泥まみれのところを助けてやったのもあくまで世間体《せけんてい》とかそこらへんが理由だ。

それでも兄のやろうとしていることは、度を越している。やりすぎだと思えた。

それに正直に本音を言うと、早くこの騒動をおさめたかった。そもそもこんな騒動になるとは思っていなかったのだ。

今では少し……自分も少しあの行動は大人げなかったと。……あくまで少しだけど。反省していた。

でも、シルウェストレの子たちと諍《いさか》いになってしまった衝撃から立ち直り、そう思えるようになったころには、兄のほうがなぜか姿勢を頑《かたく》なにしていて、和解しようと言い出せなくなってしまったのだ……

「黙れパイシェン！」

「……!?」

兄をなだめようとしたパイシェンは、兄に怒鳴られ、目を見開く。

「妹ということで甘やかしてやっていたが、僕はニンフィーユ家の当主を継ぐ身、お前はただの息女。身分には隔《へだ》たりがあるんだ。そこをわきまえろ！」

「…………」

突然、慕《した》っていた兄から放たれた暴言に、パイシェンは言葉を返せず呆然と立ち尽くす。

「そうだ。それでいい。お前も僕に従っていればいいんだ」

それを了承と受け取ったのか、ルイシェンは満足そうに笑って呪文の詠唱《えいしょう》を始めた。

魔法陣の中で、大人の身長の三倍ぐらいある人型の水の塊《かたまり》が形成され始める。

自信に満ち溢《あふ》れた表情でそれを見ていたルイシェンだったが、急に変化が起きた。

水色に透き通っていたウォーターエレメントの体が、不気味な赤い光に覆《おお》われていく。

そしてぼこぼこと形を崩しながら、周囲の水分を急速に吸い込み始めた。

その様相に、呆然としていたパイシェンが、はっと意識を取り戻す。

「もしかしてここは土精《つちせい》の森!?　お兄さま！　呪文を今すぐ止めてください！　異常な

魔力に土精《つちせい》たちが敵意を向けて、ウォーターエレメントが暴走してしまいます！」

「うっ、今さらそんなこと言われても……！」

すでにウォーターエレメントはルイシェンの制御を離れ始めていた。

その体は魔法陣の外まではみ出し、運悪く森にかかっていた霧を吸い込みながら、急速に巨大化していく。

「と、止めましょう……！　このままじゃ森で実習しているという子たちに被害が出てしまいます！」

パイシェンが青い顔をしながら、ウォーターエレメントを止めようと言う。

しかし――

「ぼ、僕は知らないぞ。こ、こんなの僕のせいじゃない。うわぁあああああああ！」

ルイシェンは暴走し出したウォーターエレメントを見て逃げ出した。

「に、兄さま!?　あぁっ、ウォーターエレメントが!!」

まさか逃げ出すとは思わず、パイシェンはその姿を信じられない表情で見送る。その隙にウォーターエレメントが魔法陣から放たれ、周囲の霧を吸い込みながら、ノムドの森へと突っ込んでいった。

「そ、そんなっ……」

暴走したエレメントのほとんどは魔力が不安定で、一定時間暴れた後、あっさり消滅してしまう。

でも、最悪のケースの場合、周囲からマナを吸い取り、どんどん巨大化と増殖を繰り返して、倒すまで止まらないことがある。

今回はその最悪なケースを思わせるように、周囲の水分を吸い込み巨大化していっていた。さらに間が悪いことに、今日は霧が出ていて大気の水分がとても豊富だった。

このままじゃ、本当に危険だ……

時間が経つと、Aクラス以上の冒険者でなければ解決できないような災害になってしまう。

「なんとかして止めないと……！」

パイシェンは一人でもウォーターエレメントを止めるために、ノムドの森へと入っていった。

＊　＊　＊

「うわぁぁぁぁぁん、怖いよー！」

森にいきなり現れた、赤いウォーターエレメントたちを見て、子供たちはパニックに陥《おちい》りかける。

実際、モサモフさんとは比べ物にならないほど、その気配は禍々《まがまが》しかった。

「落ち着いて！　ここは魔物除《よ》けがしてあるから、まだ平気だよ！」

「ほんと……？」

今までのガイドでみんなの信頼を獲得していてよかった。

私の言葉でなんとか、みんなぎりぎりの状態だけど落ち着いてくれる。

ただはっきり言うと気休めだ。モサモフさんを防ぐ程度の弱めの魔物除《よ》けだ。ウォーターエレメントにはほとんど効果はないだろう。

早くみんなを森から避難させなければならない。

最悪、目の前で天輝さんを解放してでも、子供たちを守らなければ。

そう考えると、お昼に全員集合できたのはよかった。こんな状況で別パーティーの子たちが森にいたら……とぞっとする。

(天輝さん、心眼〈マンティア〉の能力を最大にして)

『了解した』

私はまず状況を把握するため、心眼で周囲を見渡す。

ウォーターエレメントはかなり森の中に入り込んでいた。しかも、大気の水分と森のマナを吸い取ってどんどんその数を増やしている。気づいてから間もないのに、もうこんな数になってるとは、すでに森の至るところでうろついてそうだ。

モサモフさんが飛びかかっているけど、相手にならない。一瞬で倒されてしまう。

ただ、私は視界内のウォーターエレメントの分布に偏《かたよ》りがあることに気づく。

ウォーターエレメントがたくさんいる場所は地図上でマナが濃い場所と一致していた。逆にマナの薄い場所にはあまりいないのだ。これなら地図を参考にすれば、安全なルートで子供たちを避難させることができる。

来たときとは逆だ。マナの薄い場所を行けば、安全に避難できる。

私はすぐに子供たちに声をかける。

「みんな落ち着いたみたいだから、もっと安全な先生のところまで移動しよう」

「でも、怖い……」

落ち着いたのはいいけど、今度は子供は怖がって動きたがらない。困ったぞぉ。

気持ちはわかる。

でもマナが濃い場所にウォーターエレメントがいるってことは、この魔物除《よ》けのある場所にもやってくる可能性はある。恐らく今は魔物除《よ》けの効果と、マナの誘引《ゆういん》効果の平《へい》衡《こう》状態なのだろう。

他の場所より安全とはいえ、ここに留まり続けるのはリスクが高い。

なんとか連れ出さないと。

私は子供たちに手を差し出して言った。

「それならみんなで手を繋ご？　そうすれば怖くないでしょ。ついてきてくれたら、私がみんなを無事に森の外まで連れていくから！」

子供たちは、やっぱりそれでもためらう。

でも、リリーシィちゃんが私の手を掴《つか》んでくれた。

「私はエトワちゃんを信じる。だって朝だって森の中で、私たちをきちんと案内してくれたもん」

リリーシィちゃん……

すると、それが呼び水になって、他の子も近づいてきてくれた。

「わ、私も信じる。ここまで案内してくれたのもエトワだし」

「俺もグラタンもらったし……」

私の手をリリーシィちゃんが繋ぎ、リリーシィちゃんの手を別の子が繋ぎ、二十二人の子供が列車ごっこみたいに一つに繋がる。

よし、いける！

「みんな手は離してもいいけど、そのときはすぐに立ち止まって教えて。絶対、誰も置いていかないから」

そう言うと私は森の中を移動し始めた。

地図上のマナの薄い場所を繋いだルートを私たちは小走りに移動する。

すると一匹のモサモフが私たちの目の前に姿を現した。

（モサモフさん、今はちょっと困るよ）

一刻も早く移動したいのに――

するとモサモフは飛び上がり、ひとりでにはじけた。

光の粒が私たちに降り注ぐ。

その光を浴びると、少し足が軽くなった。後ろの子供たちの走る速度も上がる。

消えたモサモフさんの体から、食べかけのパンのかけらがこてんと地面に落ちた。

（助けてくれたのか。ありがとう、モサモフさん！）

子供たちのお弁当の恩返しだったのだろうか――まあ勝手に奪って食ったんだけど。

でも助かったので、私は心の中でお礼を言いながら走り続ける。

基本はマナの薄い場所を走っていく、でもそれも完全じゃない。たまにマナの薄い場所にもウォーターエレメントがいた。

心眼を使って先に捕捉《ほそく》して、そういうときは迂回《うかい》する。

そして森の中を走り続けてしばらく、森がだんだんと開《ひら》けていく。

同時に聞き覚えのあるウィークマン先生の声が響いてきた。

「離してください！　子供たちが！　助けに行かなければ！」

「あんたの実力じゃ無理だ、ウィークマン先生！　死んでしまうぞ！　冒険者ギルドには連絡した！　強い冒険者の到着を待つしかねぇ！」

子供たちの目にも、集まった大人と見覚えのある先生たちの姿が映る。

「先生だ……！」

「先生だー！」

あっちも子供たちに気がついた。

「子供たちがいたぞ！」

「まさかこの森の中を抜けてきたのか！」

「よく無事で！」

周囲に敵の気配もなかった。

もういいだろう。

私は子供たちの手を離す。すると、子供たちは我先にと、大人たちのほうに駆けていった。

「せんせー！」

「こわかったよぉぉー！」

子供たちは泣きながら先生に抱きついていく。

ウィークマン先生もうるんだ目で子供を抱きしめる。

「みんな無事でよかった……！」

「あのね、エトワちゃんが私たちを森の外まで案内してくれたの！」

ふう、みんなを無事に森の外に誘導できたようだ。

私は胸を撫《な》で下ろす。

そんな私の耳に、集まった大人たちが話すのが聞こえた。

「あれ？　水色の髪の貴族のお嬢さんはどうしたんだろう……」

「子供たちを助けに行くって言って森の中に入っていったのに」

「てっきりあのお嬢さんがここまで連れてきてくれたのかと思ったが」

ま、まさか……そのお嬢さんって……

その特徴的な髪の色に、私はある人物のことを思い浮かべた。

森を見ると、今や木々よりも大きく成長したウォーターエレメントたちが何体もうろついていた。

「あの中に……⁉　パイシェン先輩が⁉」

私は慌ててバッグから必要なものを取り出すと、あとは全部置いて、もう一度森の中に飛び込んだ。

そして天輝さんを呼び出す。

「天輝さ〜ん！」

『ああ、いくぞ』

私の手のひらに、鞘《さや》におさまった天輝さんが出現する。

私はそれを抜き放ち、その真名《まな》を唱《とな》える。

「天輝く金烏《きんか》の剣！」

そして地面を蹴り、森の上空に飛び上がった。

どこだ、パイシェン先輩……！

＊＊＊

「はぁっ！」

パイシェンは森に入ってすぐのところにいたウォーターエレメントを魔法で倒す。

しかし、そのサイズは召喚《しょうかん》されたものよりも明らかに小さかった。

（こいつは本体じゃないわね……）

それは最悪の事態を示していた。

暴走したウォーターエレメントが大気の水分を吸って巨大化していってるだけでなく、分裂まで始めている。

天候が悪すぎた。

空は曇り、森は霧がかかるほど湿度が高い。ウォーターエレメントが取り込む水はいくらでもある。

さらに悪いことに、曇り空からは小雨が降り始めていた。

視線の先にウォーターエレメントの群れが見えたとき、パイシェンは足を止めた。

どれも大きさはそれほどではないからまだ倒すことは可能だ。でも、このサイズがこれだけいるなら、核となっている本体の付近では、どれだけの数と大きさのエレメントたちがいるのだろうか。

（本体を倒すのは無理かもしれないわ……なら子供を先に助けなきゃ……）

正直言うと、パイシェンは平民の子供なんて好きじゃなかった。

下賤《げせん》な生まれで、頭も悪いし、品がないし、力もない。自分と付き合うに足る人間たちではない。あのエトワという公爵家の失格娘にしても同様だ。

でも、だからって死んでいいとはさすがに思わなかった。

ましてや自分たちのせいで、その子たちに被害が出たとなれば……

ウォーターエレメントに襲われる無力なエトワや平民の子供たちの姿を想像すると、パイシェンの背筋が冷たくなった。

（今すぐ救出に行かなきゃ……でもどこにいるかわからないわ……）

闇雲《やみくも》に探すには森は広すぎる。

パイシェンは逃げてしまった兄から聞いていた情報を思い出す。

（確か授業の一環として来てると言ってたわよね。それなら、指導している人間がいるはず。その人間ならだいたいの場所はわかるかも）

森の周辺を必死に走ると、大人たちの姿が見つかった。その後ろには、クエスト達成おめでとうの旗と、たくさんのお菓子が積んであるテーブルがあった。

しかし、大人たちの顔は真っ青になっている。

その視線の先を追うと、森の木々を突き抜けるほどに巨大化した一体のウォーターエレメントが見えた。

間違いない、自分たちが召喚《しょうかん》してしまった本体だ。

「す、すぐに助けに行かなければ……！」

「先生、無理だ！　勝てっこないよ！」

線の細い、あまり頼りにならなそうな青年が、必死な形相で森に入っていこうとしている。

それを止めている大人たちの言葉は正論だった。

あれでは自分でも勝てそうにない……

魔法も使えない人間が今森に入るのは、死にに行くようなものだ。

「今の時間なら、子供たちはキャンプ地あたりにいるはずです！　そこにたどり着ければ……！」

（キャンプ地……⁉）

大事な言葉を聞き取ったパイシェンは、彼らが準備した用具の中から、地図を探す。

あった。テーブルに森の地図が置いてある。

（ここね……！）

パイシェンは森のほうへと走る。

大人たちがそれに気づいて止めようとした。

「お、おいお嬢さん！　どこ行くんだ！　森は今すごく危険な状態なんだよ！」

「私が子供たちを助けに行くわ！」

「待ちなさい！　いくら貴族のお嬢さんでもこんな森は！」

「もともと私たちのせいなのよ……！」

パイシェンはそう言うと、大人の制止を振り切って森に飛び込んでいった。


森に入り、ウォーターエレメントと戦いながら、パイシェンは子供たちを探す。

キャンプ地に近づくごとに、敵はどんどん強くなってきていた。

（まずいわね……）

パイシェンが使えるのは水属性の魔法だけ。

高貴なるウンディーネ公爵家にもっとも近い血筋であるニンフィーユの一族は、ほぼ水魔法のスペシャリストばかりで、パイシェンもその例に漏れない。

水分を吸収してしまうウォーターエレメントを、水属性の魔法で倒せるのは、パイシェンの魔法のほうが強いからだ。

逆に言えば、相手がパイシェンの魔法より強ければ倒せない。それどころか、制御を乗っ取られて、逆襲を受けることになる。

その臨界点が森の奥へ行くほどにどんどん近づいてきていることを実感していた。

だからといって引くわけにはいかない。

責任があるのだから。

大きな体躯《たいく》のウォーターエレメントが木々の間から出てくる。

すぐさまパイシェンは水柱の魔法で攻撃する。

一瞬、水がウォーターエレメントの体の直前で止まった。しかし、再び動き出し、その体を貫通して四散させる。

(大丈夫、まだいけるわ……)

そう思った瞬間、小さな水の刃《やいば》のような一撃が右足をかすった。

見れば枝の上から、小型のエレメントがこちらを狙っていた。

咄嗟《とっさ》に魔法障壁《しょうへき》を張って、攻撃を受け止める。

「このぉっ!」

反撃の魔法で小型のエレメントは吹き飛んだ。

「あと少し……」

少し足を引きずりながら、パイシェンは地図にあったキャンプ地を目指した。

そしてようやくたどり着く。

しかし、そこに子供の姿はなかった……

（ど、どこに行ったの……？　もしかしてもっと深くに……）

森の奥を見ると、さらに大型のウォーターエレメントたちがうろついていた。

わざわざ奥に行くとは思えない。でも、子供なら混乱して方角を見失い、危険なほうに移動してしまうこともあるかもしれない。

森の入口から来た自分とは接触しなかったのだ。もちろん、気づかずすれ違った可能性もあるのだけれど……。この囲まれた状況では、どちらに行ったかはわからない……

戻って探すか、奥に進むか。

パイシェンは少し迷ってから奥に行くことにした。

まだ探していない場所のほうが、見つかる可能性が高い――そう判断して。

巨大なウォーターエレメントのうろつく森で、子供たちの姿を探す。

でも、見つからなかった。

そもそもこんな危険な状況の森で、子供たちが生存できているのだろうか……

そんな根本的な不安をパイシェンはかき消す。

(今はひたすら探すしかないわ……)

そう考えていた焦りだろうか。

気づく間もなく一気に五体ほどのエレメントが、パイシェンを取り囲むように出現した。そのどれもが、今まで戦ってきたエレメントよりもでかい。

「くっ!」

水柱を放つ魔法で、まず一体を迎撃《げいげき》しようとする。

しかし、民家ぐらいなら軽く吹き飛ばせる威力があるその魔法は、ウォーターエレメントの体の前で止まってしまった。

動きを止めた水の塊《かたまり》が、その場で渦《うず》を巻き始める。

(魔法が乗っ取られた……!)

最悪の状況で臨界点がきてしまった。

この囲まれた状況で、暴走しているウォーターエレメントが自分を上回った。

自《みずか》らの放った水の魔法が赤い不気味な色に染まっていき、逆にこちらへと狙いを変えて放たれる。

その威力は最初に自分が放ったときより、数倍強くなっていた。

咄嗟《とっさ》に張った魔法障壁《しょうへき》が瞬時に壊れる。

パイシェンは呆然と自《みずか》らに迫る水柱を見つめた。

（私、死ぬの……？　まだ子供たちを助けられてないのに……。自分たちの責任も取れずに……？）

その瞬間、横から誰かが凄《すさ》まじい速さでパイシェンに駆け寄り、その体を抱き上げて、迫る水柱を回避した。

そしてパイシェンを抱えたまま、一瞬で木の上に跳んで移動する。

パイシェンを助けてくれたのは、彼女よりも小柄な少女だった。

顔を隠すためなのか、布で雑に覆《おお》われた口から、気の抜けた声で語りかけてくる。

「だいじょ～ぶですかぁ～？」

周囲を取り囲んでいたウォーターエレメントたちが、形を変えて木の上にいるパイシェンたちに襲いかかる。

しかし、少女が剣を振るうと、一瞬にして五体ともばらばらになって消える。

（暴走してあれだけ強化されたウォーターエレメントを一撃で!?　しかも剣で!?）

その信じがたい強さに、パイシェンは目を見開く。

「いやー、たまたま森を通りかかった通りすがりの者なんですけど、なんか危なかったみたいで助けられてよかったです」

そもそも聞き覚えのある声。

そもそもうちの制服。

怪しい言い訳。

(こいつエトワよね……)

顔を隠しても普通にバレバレだった。

＊　＊　＊

森をジャンプしながら移動していると、ウォーターエレメントに囲まれたパイシェン先輩を見つけた。

とりあえず、危なそうなので助ける。

ささささーとその体をウォーターエレメントたちの前からかっさらうと、以前からやってみたかった木の先端に立つあのかっこいいポーズをやってみる。

「だいじょ～ぶですかぁ～?」

謎のヒーローの完成である。

ついでになんかさっきのウォーターエレメントたちが襲ってきたから倒しておく。

「なんか危なかったみたいで助けられてよかったです」

キャンプ地の近くにいたってことは、私たちのことを助けに来てくれたのだろう。

いい人だよね、先輩。

無事でよかった。

とりあえずウォーターエレメントを倒しちゃいたいけど、先輩を安全な場所に送り届けてから戦おう。

さっきから無言だし、たぶん怖かったんだと思うし。

「えいっ」

そう思っていたら、先輩がいきなり私の顔を覆《おお》っていた布をひっぺがした。

えええええええ!?

いきなり何するんですか!?

先輩！

こういうのにはルールってものがあるじゃないですか！

相手の変身中は攻撃しない。

ロボットの合体は静かに見守る。

顔がほとんど露出してる仮面をつけていても別人として扱う。

ソースの二度づけ禁止。

小の方《かた》にんにく入れますか？

お客さ～ん、高菜《たかな》食べてしまったんですか？

「えっ……？」

私の顔を見て驚く先輩に敢然《かんぜん》と抗議する。

「いきなりなんてことするんですか、パイシェン先輩！　私だって正体がわかっちゃったじゃないですか！」

「あっ……ああ、やっぱりエトワ……なの……よね？」

ああ……正体がばれてしまった……

まさかいきなり布を外してくるなんて、思いもしなかったよ……

「人が隠そうとしてるのに、見ようとするのはいけないと思います！」

「言っとくけど最初からバレバレだったわよ。うちの制服着てるし、そもそも声が同じだし」

な、なんだってぇー！

まさかバレバレだったとは……

「むしろ布を取ったあとのほうが別人かと思ってびっくりしたわ……」

先輩がぼそりとそんなことを言ってた。

なんでですかね？

まあ正体がばれてしまったものは仕方ない、うん。

「助けに来てくださって、ありがとうございます～」

とりあえずお礼を言っておこう。

「それって嫌味？」

「ええ!?」

なんで？

パイシェン先輩は私の顔を見てため息をつく。

「そもそもお礼を言われるようなことじゃないわ。こんな事態になったのは私たちのせいよ」

先輩はそう言って私に事情を説明してくれる。

「なんだ、先輩悪くないじゃないですか」

事情を聞いた限り、悪いのはパイシェン先輩ではなく、ルイシェン先輩ただ一人だと思う。だって魔法使ったのルイシェン先輩だし。

でもパイシェン先輩は、思いつめた表情で呟《つぶや》く。

「私の家の人間がやったことなのよ……。子供たちに犠牲は出なかったみたいだけど、もし今回の件で誰か犠牲が出たら、私は学校をやめるつもりよ……」

うーん、思いつめすぎではないだろうか。

パイシェン先輩だってまだ子供なのである。しかも今回の騒動をむしろ止めようとした側だったのである。

誰もパイシェン先輩のことは責めないと思う。

でも、そこまで言うなら。

「ウォーターエレメントを倒しちゃいましょう。そうすれば、別に無問題《モウマンタイ》なわけですし」

ナイスアイディア〜。

もともとパイシェン先輩を安全な場所に送り届けたら、倒すつもりだったしね。

「無理よ。あれ、見えるでしょ。あの巨大に膨《ふく》れ上がったウォーターエレメントが、やつらの本体よ。あいつを倒さない限り、ひたすら増殖し続けるの。あれだけ巨大化したら、倒せるのは侯爵家クラスの大人や、Sランクの冒険者みたいな強者だけよ。あんたもよくわからないけど、私より強いことはわかったわ。けどさすがに無茶よ。ここは逃げて倒せる人物が来るのを待ちましょう」

「おお！　あれを倒せばいいんですね！」

すっごくお得な情報をもらってしまった。

正直、たくさんいすぎて戦いにくかったんだよね。何もない場所なら爆塵《ばくじん》で吹き飛ばせばいいけど、ここはモサモフさんの森。破壊するのは忍びない。

私は、森の木々の十倍ぐらいの大きさになってる、一番おっきなウォーターエレメントに狙いを定めた。

「ちょっと、あんた話聞いてたの⁉　無理よ！　言ってるでしょ！　ここは逃げましょうって！」

「しっかり捕まっててくださいねぇ～、ほっ！」

「だから――ひっ⁉」

私は大きくジャンプして、ウォーターエレメントに一気に接近することにした。

『光波《こうは》を起動した』

天輝さんが支援スキルを発動してくれる。

敵さんも接近するこちらに気づいたらしい。

通り道にいるウォーターエレメントたちが細長く形を変えて襲いかかってくる。

いやぁ、森から出てきてくれると倒すのが楽だ。

私は遠慮なくまとわりついてくるウォーターエレメントを光の刃《やいば》で倒していく。

「な、なんでウォーターエレメントをそんな簡単に倒せるのよ……」

パイシェン先輩が汗をかいている。そんなこと言われましても――うん。

一番大きなエレメントもこっちに気づいたらしい。

その体の前に直径二十メートルぐらいの巨大な水の塊《かたまり》が現れる。

それは渦《うず》を巻くように動き出した。

「ま、まずいわ。こっちに水柱を放つ気よ。あんなに大きなのどうしたら……」

先輩の言った通り、水の塊《かたまり》はこちらにせり出し、一本の柱になって迫ってきた。

「天輝さーん」

『わかってる。魔刃《まじん》を起動』

私の振るった剣が、水柱を真っ二つに切断していく。

「なっ!?」

パイシェン先輩が信じられないという表情で目を見開く。

そしてついに私たちはウォーターエレメントの本体に接近した。

もう大丈夫。

これなら森を傷つけずに終われそうだ。

「とりゃぁあああああい！」

私は外しようのない射程で、光の刃《やいば》で思いっきり、ウォーターエレメントをぶった切った。

巨大な体が縦に二つに割れていく。

それからウォーターエレメントはずーんっと倒れ、ただの水に戻り森を流れていった。

森の木々は根付きが相当良いのか、水をかぶっても倒れたり折れたりしない。

モサモフさんたちのおかげだねぇ。

＊　＊　＊

パイシェンは信じられない思いでエトワを見つめた。

非常識すぎる力……

侯爵家の息女である自分ですら倒せなかったウォーターエレメントの分体を一瞬で倒していったときも驚いた。

とんでもない力をもっている、と感じた。

それこそシルウェストレの子供たちや、自分の兄を上回るほどの――

でもそれは、その力のほんの片鱗《へんりん》でしかなかった。

自分を抱き上げ、森の上空を跳躍《ちょうやく》しながら、迫る何十体ものウォーターエレメントたちを軽々と倒し、そしてあの巨大なウォーターエレメントを最後は一撃で屠《ほふ》ってみせた。

(なんなの……この力は……。どうしてこんな子が失格者として存在するの……)

ウォーターエレメントを倒した巨大な光の刃《やいば》を思い出す。

あんな魔法見たことない……

それこそ自分が例に挙げたこの国で最強の人間たちに、冗談ではなく匹敵《ひってき》しかねない。

そんな力を確実にもっている。

(いったい何者……?)

普段の気の抜けた様子とは違う、開いた目に赤い禍々《まがまが》しい光を宿したエトワがこっちを見る。

その容姿は目を閉じているときはわからなかったがきれいで、その分、赤い光を纏《まと》う目が本能的な恐怖を抱かせる。

「先輩……」

体を地面に下ろされ、片側が赤く光る灰色の瞳で話しかけられて、パイシェンは緊張からごくりと唾《つば》を呑み込んだ。

「なに……？」

問い返す。

「これで万事解決っすね！　いえーい！　いえーい！」

緊張感台無しのいつもの気の抜けた声で、エトワは両手の親指を立ててこっちに向けると、手を上げてばんざーいばんざーいをやり出す。

容姿以外いつもとなんら変わらないエトワの様子に、パイシェンは一気に気が抜けて、考えるのもめんどくさくなる。

（あほらし……）

＊＊＊

ウォーターエレメントが倒れて、森に平和が戻ってくる。

森に漂《ただよ》っていたピリピリとした気配も消えて、モサモフさんが歩き回る元の穏やかな景色だ。

あの大きなウォーターエレメントが倒れたあとは、小さな川になっている。そこにはモサモフさんがたくさん群がっていた。ウォーターエレメントのマナを吸収して、森に撒《ま》く気なのかもしれない。

私はパイシェン先輩と一緒に、森の外に向かって歩いている。

「ふんふふ～ん♪　ららら～♪」

ウォーターエレメントが水を集めて放出したせいか、霧も空も晴れて、木漏《こも》れ日の差す森はとてもきれいだった。思わず鼻歌を歌いたくなるぐらい。

モサモフさんも不思議と襲いかかってこない。私たちのそばを通りかかると、一つジャンプして通り過ぎていく。もしかしたらお礼を言ってくれてるのかもしれない。

しばらく私が鼻歌を歌いながら歩いていると、パイシェン先輩から質問がくる。

「それで、その力はなんなの？」

ギクッ。

なんて答えたらいいんだろう。相変わらずの疑問に突き当たる。

転生したとき神さまにすっごいパワーをもらいましたと言っても、信じてもらえそうにないし、でも他に説明のしようがない。

困ったなぁ……

答えに困っていると、パイシェン先輩はこちらをじーっと見てため息をついて言った。

「ふーん、答えられないのね。なら答えなくていいわ。助けてもらったわけだし」

え、いいの？　よかった～。

私はほっと胸を撫《な》で下ろす。

そんな私のリアクションを見たパイシェン先輩が、少し意地悪そうに笑って言った。

「あんたの反応で、秘密にしておきたいうさんくさい力ってことはわかったしね」

げぇ～。

「それでシルフィール家の人間は、そんな力があることを知ってるの？」

「いえ、ソフィアちゃんとミントくんしか知らないです」

「つまりほとんど秘密にしてるってわけね」

「はい～」

パイシェン先輩はまたため息をつく。

「まあ賢明ね。シルフィール家からその印を受けた限り、貴族たちはあなたを仲間とは認めないわ。そしてほとんどの貴族は平民が自分たちを上回る力をもつことを嫌う。もしあなたの力が公《おおやけ》になれば、貴族社会の大きな混乱のもとになるでしょうね……」

「うひぃ……」

私なんかよりよっぽど貴族社会に精通しているパイシェン先輩の見立てには説得力が

あった。

思わず変な声を出してしまった私に、パイシェン先輩が薄ら笑いをしながら言う。

「私も一瞬、シルフィール家が廃嫡《はいちゃく》した子供に力を隠して、何かを企《たくら》んでるのかと思ったわよ」

「えええええ、そんなぁ！　違いますよ！」

「そうね、あのシルフィール家がそんなことするはずないわ。わざわざそんな印まで作って、力のある血統を維持しているんだもん。今回はとんだ見立て違いを起こしてしまったらしいけどね」

そう言ってパイシェン先輩は心の底から楽しそうにくすくすと笑い出す。

あれ？　私たちなんかいい感じじゃない。意外と仲良くできてる気がする。

まだルイシェン先輩という問題が残ってるけど、解決に一歩近づいた感じだ。

私はパイシェン先輩にもお願いする。

「すみません、先輩も私の力は秘密にしていただけないでしょうか～」

「いいわよ」

私のお願いにパイシェン先輩はあっさり頷《うなず》いてくれる。

予想してなかった快《こころよ》い返事に、驚いてしまった。

「こう見えても恩には報《むく》いるほうよ。そもそもあんたの様子を見て、頼まれなくても秘密にするつもりだったわ」

「ええ、いいんですか⁉」

「おおー！　ありがとうございます！」

やっぱりパイシェン先輩、いい人じゃないか〜。

素直に喜ぶ私の様子に、パイシェン先輩が少し呆れた顔をする。

「間抜けな性格ね。秘密にする代わりにあんたを利用してやろうと私が考えてるとか思わないわけ？」

「先輩に困ったことがあったら、全力で私が助けますよー！」

「……もういいわ」

パイシェン先輩は不貞腐《ふてくさ》れた表情で、ぷいっとそっぽ向いてしまう。

でも、仲良くなれた気がする。

ソフィアちゃんたちの件ももちろんあるけど、貴族では初めての友達っぽい関係ではないだろうか。先輩後輩だけど。ソフィアちゃんたちは、どちらかというと家族って感じだし。

私はパイシェン先輩と一緒にゆっくりと森を出た。

＊　＊　＊

二人で森の出口までたどり着く。するとリリーシィちゃんが駆け寄ってくる。

「エトワちゃん！」

リリーシィちゃんは私に抱きつくと、いつものようにすりすりした。

「もう心配したよ〜」

「おーよしゃよしゃよしゃ」

私はリリーシィちゃんの頭を撫《な》でる。

ウィークマン先生も小走りでやってきた。

「エトワくん、無事でしたか。よかった……」

「はい〜」

ウィークマン先生は戻ってきた私の姿を見てほっと胸を撫《な》で下ろし、安心した表情を見せると、それから私にげんこつをした。

「いだぁ〜いっ!?」

「でも二回も森に入るのは無謀《むぼう》すぎです！　戻ってこられたからよかったものを……！」

どうやらかなり心配させてしまったらしい。

申し訳ない……

「すみません、先生……」

素直に謝っておく。

そんな私をパイシェン先輩が前に立ってかばってくれた。

「あんまり怒らないでやってください。この子のおかげで、私も安全に森の外に出られました」

「……そうですね、すみません、エトワくん。僕のほうこそ、君たちが危ないというのに助けに行くことができませんでした。情けない先生です……。それから子供たちを避難させてくれてありがとうございます。あなたのおかげでみんな無事でした」

たぶん元から私を叱ったあとは、こうして謝罪するつもりだったのだろう。

どちらの言葉にも、私への思いやりを感じた。

大人になってもどうやったって手に負えない事態というのはやってくる。

私だって神さまにもらったチートな力がなければ何もできなかった。

そんな中で、自分の心配じゃなく、生徒の心配をし続けたウィークマン先生は立派だと思う。

最終的には微笑んで、互いの無事を喜び合う私たちに、それを見守っていた大人たちの集団の中から声がかかった。

「パイシェン、無事だったか！」

あ、ルイシェン先輩だ……

しれっと、集まった大人たちにまじってルイシェン先輩がいた。

私が思わず冷たい表情で見てしまう理由は言うまでもない。

しかし、そんな私のリアクションにも気づいた様子はなく、ルイシェン先輩はパイシェン先輩のそばに駆け寄る。

「よかった、心配したんだぞ」

どうにも印象は最悪だけど、心配してたのは本当らしい。パイシェン先輩を見つめるルイシェン先輩の顔には安堵《あんど》の感情があった。

はぁ……事件の元凶だけど、誰も被害がなかったし仕方ないか……

私がそう思っていろいろ諦《あきら》めると、いきなりパイシェン先輩が叫んだ。

「こいつよ！　今回の事件の犯人は！」

ええっ⁉

「パ、パイシェン……？」

「こいつがウォーターエレメントを召喚《しょうかん》して暴走させたまま逃げ出したの！　証拠の魔法陣は森の近くにあるわ！　魔法院で調べてもらえれば、誰が使ったかわかるはず！　早く騎士団に通報して！」

パイシェン先輩は額《ひたい》に青筋を立てて、ルイシェン先輩に指を突きつけると、大勢の人間の前でまくし立てた。

「は、犯人……？」

「確かに今回の事件、水魔法の使い手が犯人のはずだが……」

パイシェン先輩の告発に、周囲の人間たちがざわつく。

「パ、パイシェン……なぜだ……」

妹に裏切られ、ルイシェン先輩は呆然とした表情になった。

そんなルイシェン先輩に、パイシェン先輩は怒り心頭の顔で言い放つ。

「なぜもくそもないわよ‼　自分が召喚《しょうかん》したエレメント放っておいて、こんな災害引き起こして、しらばっくれて通すなんて、ニンフィーユ家の嫡子《ちゃくし》失格よ！」

「うっ……ううっ……」

妹の迫力に圧倒され、ルイシェン先輩は……

「ぼ、僕は……知らない！　知らないぞー！」

あ、逃げた。

「待ちなさい！」

逃げ出したルイシェン先輩に、怒りの形相でパイシェン先輩が放った水柱の魔法が直撃した。背中を向けて逃げるのに全力だったパイシェン先輩は防御できず直撃をくらう。

地面にのびて気絶したルイシェン先輩は、そのまま呼ばれた騎士団に連行されていった……

そんなルイシェン先輩を、パイシェン先輩は腕を組んで冷たい視線で見送る。

「ふんっ、最低……」

お兄さまのこと尊敬してたらしいから、今回の件は相当ショックだったのかも……

パイシェン先輩はそのあとその場に集まっていた全員に頭を下げた。

「今回の事件はニンフィーユ侯爵家の責任です。後日きちんとしたお詫びをさせていただきます」

＊＊＊

その事件から数日後、ルイシェン先輩は転校することになった。侯爵家を相続する権利も、パイシェン先輩に移ったらしい。うーん、どうなんだろう。

まあ引き起こしたことを考えたら妥当《だとう》だとは思う。

パイシェン先輩に聞くと「当然の報《むく》い」だそうだ。

そんな事後処理も終わって、私は桜貴会の屋敷がある庭の前にいた。

ソフィアちゃん、リンクスくん、ミントくん、スリゼルくん、クリュートくんも一緒だ。

そんな私たちの前で、パイシェン先輩が頭を下げる。

「前回のお茶会でエトワ嬢を侮辱《ぶじょく》したのは、私の愚かさによる間違いでした。エトワ嬢は失格の印は受けていても、公爵家の令嬢としてなんら劣ることのない人物でしたわ。桜貴会の代表として、恥ずべき振る舞いを謝罪いたします。ごめんなさい」

「謝罪をお受けいたします、パイシェンさま」

ソフィアちゃんたちのために、パイシェン先輩が公式に謝罪の場を設《もう》けてくれたのだ。

お澄まししつつも、どこかしてやったりという表情のソフィアちゃんとリンクスくん。

それを受け入れつつ堂々たる仕草で頭を下げるパイシェン先輩。どっちかっていうと、パイシェン先輩のほうが大人の貫禄《かんろく》って感じがする。余裕があって、一枚上手《うわて》だ。

二歳だけの違いだけど、やっぱり年の功は伊達《だて》ではないなと思う。

「それではあらためて、ソフィアさん、桜貴会に入っていただけるかしら」

「はい、名誉なお誘い、謹《つつし》んで受けさせていただきます」

パイシェン先輩が、ソフィアちゃんの胸元に花柄のバッジをつけていく。

そのバッジは、桜貴会のメンバーの証《あかし》らしい。

やったぞ〜！　これで完全に和解だ〜！

ソフィアちゃんも嬉しさを隠しきれないでいる。

よかったね〜。

パイシェン先輩が次々に、護衛役の子たちにバッジをつけていく。

リンクスくん、まだ意地を張った表情をしているけど、私がそっちを見て微笑むと、赤くなって顔を逸《そ》らした。

ミントくん、表情は変わらないけど、たぶん喜んでると思う。たぶん……

スリゼルくんはどこか誇《ほこ》らしげだった。うん、ほっとする。

クリュートくんの胸にも、花柄のバッジが輝く。巻き込まれて大変だったもんね。おつかれさま。

よし、これで全部終わった。

そう思ってたら、パイシェン先輩が私の前にも立った。

なんだろう……？

私が首をかしげると、パイシェン先輩が花柄のバッジを私の胸にそっとつける。

「エトワ、あなたも今日から桜貴会の一員よ。そのメンバーとして恥じることのないように振る舞いなさい」

そう言って先輩は私に微笑んだ。

先輩……

私はそのバッジを外して、先輩のほうに返して言う。

「あっはっは、勘弁してくださいよ、先輩。そんなの入っちゃったらお昼にお弁当食べる時間がなくなっちゃうじゃないっすかぁ～。絶対嫌ですよ～」

私としてはソフィアちゃんたちが桜貴会に入れば目的達成だし、私がそれに参加する必要性ってゼロなんだよね。

むしろ、別の活動に時間を取られると、お昼ごはん食べる時間がなくなって困るからお断りします！

私が正直な気持ちでお断りすると、先輩が俯《うつむ》いて震え出した。

ん～、どうしました～？　せんぱ～い。

次の瞬間、先輩の放った掌底《しょうてい》が私の頬を貫《つらぬ》いた。

「少しは場の空気を読みなさいよ、このおバカー！」

「ぶみゃぁああっ！」

高威力の掌打《しょうだ》を受け、私は仰向《あおむ》けに地面に倒れる。

いだーい！　親父にだってぶたれたことないのに……

「よくもエトワさまをー！」

「ち、違うのよ。ちょっとイラッとしてしまって、つい！　そんなつもりじゃ……！」

倒れた耳にソフィアちゃんが怒り出す声と、パイシェン先輩がうろたえて弁明する声が聞こえた。

「ぶみゃ……」

みんな仲直りできたはずなのにおかしいなぁ……

＊　＊　＊

次の日、私が教室に入ると、またクラスメイトたちがざわついた。

「あ、あれって……、桜貴会のバッジじゃない」

「なんで失格の子が……」

みんなが私の胸元を見て騒ぎ出す。

そう、私も結局、桜貴会に入ることになったのだ。

パイシェン先輩からの強い要請というか、なんか最後は脅《おど》された気がした。「私が誘ったのに入らないなんて許さないわよ」って怖い顔で言われて。

バッジはつけなくてもいいんだけど、これもパイシェン先輩から「あんたはしばらくつけてなさい」と言われてつけている。理由を聞いたら、「つければわかるわよ」と不敵な笑みで言われた。

「桜貴会にあの子も入ったってこと？」

「それってパイシェンさまがあの子を……？」

確かにすごい効果だ。

今の桜貴会の代表はパイシェン先輩だから、桜貴会に入れたってことは、パイシェン先輩に認められたってことになるんだと思う。

そんなことを思ってたら、誰かが私の机の前に立った。

あれだ、ソフィアちゃんたちの騒動が始まったとき、私に質問してきた女の子。

その子は信じられない表情で、私のバッジをまじまじと凝視《ぎょうし》したあと、私に戸惑った声でたずねてくる。

「お、桜貴会に入ったって本当なの？」

「はい、パイシェン先輩から誘われまして〜」

ちなみに承諾《しょうだく》したときはちょっと首が絞まってた。

パイシェン先輩怒ると怖い。

「パイシェンさまから直接⁉　そ、そんな……なんで公爵家から廃《はい》された子が……」

私の言葉が嘘かもしれないのに、女の子はすぐ信じてしまう。

これも、バッジの魔力なのだろうか……

何も言えなくなってしまった女の子は、ひたすらバッジを眺める。

その視線はとにかくうらやましそうだった。

でもその口からは何も出てこない。

いろんな感情が、その目の中でせめぎ合っていた。

私はたずねてみる。

「お昼にお茶会に誘われてるけど、一緒に来る？」

友達になりたいなら打算でもウェルカムですよ〜。前も言ったけど、人間、そういう繋がりもあるよね。

大なり小なり人は、そういう部分も相手の魅力と感じて付き合っていくものだ。それは普段は意識するようなことじゃないし、あけっぴろげにしすぎれば下品になることだけど、でもある程度は仕方ないよね。

人間だもの。

私の提案に、女の子がごくりと生唾《なまつば》を呑み込む音が聞こえた。

その頬が紅潮し、今にも飛びつきたそうな表情になる。

これは釣れるかな？

そんなわくわく感が胸に湧き上がる。

でも――

「ふ、ふざけるんじゃないわよ。ささささ、誘われたからって私みたいな身分の人間がおいそれと行っていい場所じゃないんだから。そ、そんな神聖な場所なんだから――！」

そう言うと女の子は去っていってしまった。

涙目でものすごく行きたそうにしてたけど。

うーん、あと少しだったんだけどなぁ。

私はバッジの効果を目撃して、クラスメイトの私を見る目が少し変わったことを実感した。

お昼には、ソフィアちゃんたちが私を迎えに来てくれる。

「エトワさま、カフェテリアに行きましょう」

「うん～、いいよー」

学校にも慣れてさすがにいつも一緒に食べるわけではなくなったけど、今日はソフィアちゃんたちと一緒にカフェテリアで食べようと約束した。

お弁当を持って学校のきれいなカフェテリアに移動する。

カフェテリアでミルクティーを注文して、ソフィアちゃんやリンクスくんたちとお弁当を広げて食べる。珍しくクリュートくんも来ていた。

「美味《お》しいですね、エトワさま」

「そうだね～」

「エトワさま、これ好きだったろ。やる」

「ありがとう～」

「ピーマン……」

「ミントくんや～好き嫌いはだめだよ～」

「エトワさま、お茶が入りました」

「ありがとう、スリゼルくんの淹《い》れてくれるお茶は美味《お》しいね～」

もう周りの視線にも慣れたもの。平穏っていいなぁと思いながらごはんを食べている。

すると、なぜか少し怒った感じの声が私にかかった。

「ちょっと、エトワ。昼は桜貴会に来るって約束はどうしたのよ」

そこには腰に手を当てて、怒りの表情のパイシェン先輩がいた。

お昼は桜貴会で食べるように言われていたことを思い出す。

はっ、これはダブルブッキング……

私は思わず席を立って半立ちになる。

頬を膨《ふく》らませたソフィアちゃんが、パイシェン先輩を睨《にら》みつけながら言う。

「今日のエトワさまは私たちとお昼を食べるって約束したんです」

「その前に桜貴会の館《やかた》で食べるように私と約束したでしょ。ねぇ、エトワ」

パイシェン先輩はソフィアちゃんにちょっと押されながらも、私にそう確認する。

ソフィアちゃんとパイシェン先輩はどうにもいまいち相性が良くないようだ。

「えっ、えーと……」

ソフィアちゃんとパイシェン先輩。学園の二大美少女の睨《にら》み合いに、カフェテリア中の視線が集まる。

なんで修羅場《しゅらば》みたいになってるんだろう……おかしいなぁ……

ソフィアちゃんが私の左手をぎゅっと掴《つか》んで言った。

「エトワさま、私たちとお昼を食べますよね！」

リンクスくんやミントくんも止めてくれない。どうやら賛成のようだった。

パイシェン先輩が私の右肩をぐっと掴《つか》んで、気に入らないという顔で言う。

「私のほうが先に約束してるんだから、もちろん私のほうに来るわよね、エトワ」

「え、えぇ……」

平穏って本当にいいよね。

どうやら今日は私の手のひらから飛び去ってしまったようだけど。

(天輝さん、神さまからのチートでなんとかなりませんか、この状況)

『ならん。自分でどうにかしろ』

私の半身からの返答は冷たかった。

「エトワさま、どっちにするんですか？」

「どっちにするの？　エトワ」

私は二人の美少女になぜか睨《にら》まれながら、「えへへ」っと変なごまかし笑いをした。

チートで最強も、イケメンにモテモテも実現できてないけれど、この通り異世界で元気（？）に暮らしています。

いろいろトラブルも尽きないけど、これからもがんばろうね、天輝さん、◯ッ◯◯ペンシルさん。

『現実逃避してないで、この状況を解決しろ』
天輝さんの冷たいツッコミが私の頭に響き渡った。

書き下ろし番外編

モサモフさんたちへのお礼

魔石による火のついたコンロの前、子供用の小さなフライパンをもったエトワは額《ひたい》の汗をぬぐった。

「ふう～、やっとできた～」

エトワは朝早くから、大量の卵焼きを焼いていた。その数なんと、ピクニック用のバスケット八つ分。キッチンテーブルには卵の殻がたくさん置かれている。

エトワは焼き上がったばかりの卵焼きをバスケットに詰めると、後片付けをすることにした。まずは卵の殻をボウルに集めて捨てる。

「エトワさま、片付けは私たちがやりますよ」

「いえいえ、自分で使ったので自分でやります～」

手伝ってくれようとする侍女たちを仕事に戻し、自分で片付けをしてからエプロンを外す。最後に卵焼きを入れたバスケットを、きれいな布で包もうとすると……

「うわ、なんですか、その大量の卵焼き……」

キッチンに入ってきたクリュートにギョッとした顔をされた。どうやら、お昼前のおやつを所望に来たらしい。

「まさか昼ごはんにそれを出す気じゃないでしょうね……」

「残念だけど、違うよ、クリュートくん」

お料理と見たらすぐ食べたがってしまう腹減りボーイに、エトワはやれやれと肩をすくめた。

「残念なんて思ってませんけど!?　僕はお昼に出してほしくないって意味でいったんですけどねえ！」

「ほら、この前の森の事件でモサモフさんたちにお世話になったじゃない」

「ほらって、まるで僕があなたの事情を知ってるみたいに言わないでください」

「それでお礼として卵焼きを差し入れしようと思ってね、いいアイディアでしょう」

「ねえ……僕の話聞いてますか……ねえ……」

森の事件とは、土精《つちせい》の森でウォーターエレメントが大量発生した事件である。そのとき、森の中にいたポムチョム小学校の子供たちを助けてくれたのが、森に住む精霊モサモフさんたちなのである。モサモフさんたちの趣味は、旅人の弁当を奪って食べることなのである。卵焼きも喜んでくれるに違いない。

クリュートへの説明も完了したので、卵焼き入りバスケットをぬっさっさと布で包んでいく。

「それじゃあ、私は行ってくるから」

「はいはい、どこへでも行ってください」

出発しようとしたエトワだったが、さすがにバスケット八個は重かったのか、体がよろけた。それを見た侍女が近づいてくる。

「クリュートさま、エトワさま一人では危なそうなので手伝ってあげてくださいますか」

「なんで僕が!?」

「今日はソフィアさまも、リンクスさまも、ミントさまも学校に用事があって外出されていますので」

「わあ～、助かるよクリュートくん」

「まだ了承してない！　くそ～、なんでこんなときに限ってあいつら……」

侍女から頼みごとをされるあたり、本人の自覚とは裏腹に、意外と気安く思われているクリュートだった。実際、他にやる人間がいないとわかると、エトワからバスケットをひったくるように取ったのだから、使用人たちの観察眼はなかなかのものである。

クリュートと一緒に屋敷を出て、土精《つちせい》の森へと向かう。

森までの道を歩いていると、道の向こうに三人の少年少女の姿が見えた。エトワたちがそれが誰なのか認識する前に、あっちのほうからビュンと飛んできた。

「ど、どこに行くんだ!?　エトワさま!!」

「わ、私たちを置いてピクニックですか!?」

「むう……」

リンクス、ソフィア、ミントの三人だった。どうやら学校の用事は終わったようだ。格好から、ピクニックに行くと勘違いされたらしい。

「今からモサモフさんに、お礼の差し入れをしに行くんだよ〜。一緒に来る？」

「ああ！」

「はい！」

「うむ……」

エトワが提案すると、三人は即答で同意した。

「ん？　これなら、僕行く必要なくないですか？」

いつもの三人が揃《そろ》ったのだ。荷物の持ち手も足りていることに気づいたクリュートは帰ろうとする。しかし、リンクスたちに片方の荷物を持ってもらったエトワは、それを引き止める。

「まあまあ、クリュートくん、乗りかかった『ら』船だよ」

「その言葉のどこかに僕が説得される要素がありますす!?」

断固として拒否しようとしたクリュートだったが、エトワの粘り腰に負けて、結局ついてくることになった。


エトワたちは土精《つちせい》の森に入る前に、屋台で食べ物を買うことにした。

侍女たちが持たせてくれたお弁当は、エトワとクリュートの分だけだったからだ。

買い物に意外と時間がかかってしまったので、近道をすることにした。ここから西の小道を通れば、土精《つちせい》の森の入り口にたどり着く。エトワがポムチョム小学校の子たちと入ったのとは別の方角だけれど。

今日の目的地もあのとき目指していたキャンプ地で、そこのモサモフさんたちに卵焼きを差し入れするのが目標なのだ。

エトワは地図でいろんなルートを予習してきたので、どこから入っても大丈夫である。

「到着しました！」

近道を通っただけあり、すぐに土精《つちせい》の森に着いた。

「さっさと済ませちゃいましょうよ」

そのままクリュートが森に入っていこうとした瞬間、大声が響いた。

「待ちたまえ！」

「うわっ!?」

いきなりの出来事にクリュートはシンプルにびっくりする。

振り返ると、研究者風の格好をしたおじさんが立っていた。

「どちらさまですか？」

見覚えのない人に首をかしげるエトワに、おじさんは答えた。

「私か、私はモサモフ博士だ」

「モサモフ博士とな」

そんな博士がいるとは初耳だった。ソフィアたちも警戒する目をしている。

「君たちだけでその森に入るつもりかね。それは危険だ」

「いや、危険も何もモンスターが出ない安全な森って有名ですし、そもそも僕たちが――」

クリュートが肩をすくめてそう話すが、モサモフ博士は聞く耳を持たなかった。

「野生のモサモフや、モサモフトレーナーに襲われたらどうするつもりかね！」

「野生のモサモフって……」

「モサモフトレーナーですか……？」

野生以外のモサモフがいるのか、そしてモサモフトレーナーという意味のわからない言葉に、リンクス、ソフィアは首をかしげる。

博士は子供たちの反応を気にした様子もなく、うんうんと一人で納得すると、エトワたちに言った。

「仕方ない。君たちにもモサモフを渡しておこう。ついてきたまえ」

博士はそう言うと、森のそばにある小屋へと歩いていってしまった。

「どうします、エトワさま？」

「とりあえずついてってみようか～」

「はあ？　あんな怪しい男についていくんですか？」

クリュートが抗議する。

「だって断って、逆についてこられても困るし……」

「それは……確かに……」

ついていくことになった。

博士の小屋に入ると、そこには大量の本や怪しげな薬品、メモ用紙などが散らばっていた。あまり整理整頓されておらず、いかにもな雰囲気の部屋である。

しかし、エトワたちを驚かせたのは、テーブルに置かれた握りこぶしほどの大きさの琥珀《こはく》色の石である。十個ほど置いてあるその石ひとつひとつの上には、モサモフが鎮座していた。

「これは……!!」

驚くエトワに、博士はにやりと笑う。

「驚いたかね。それがモサモフストーンだ！」

「それさえあれば、君たちもモサモフトレーナーになれるんだよ！」

「モサモフストーン！」

「これでモサモフトレーナー！」

いちいち驚くエトワの素直なリアクションに、博士は嬉しそうだった。

「うーん、土属性の魔石のカスを薬品で固めたものみたいだな。ものすごく質は悪くて魔石としては使い物にならないけど、土の魔力が漏れてるから、モサモフが寄ってきてくれるわけか」

「ふーん、子供だましだなぁ……」

一方、リンクスたちの反応は冷たい。

「き、君たちにはまだこの発明の素晴らしさが伝わってないみたいだね……」

どうやらモサモフストーンは、博士が発明したものらしい。

「君たちもモサモフストーンを持てば、その良さがわかるはずだ。さっそく、進呈しようじゃないか！」

そう言うと、モサモフ博士はエトワたちにモサモフストーンを配り始めた。

リンクスに渡されたモサモフストーンにのっているのは、目つきの鋭い気の強そうなモサモフだった。

「ふむ、君のモサモフは『気が強くて一途』タイプだね」

どうやらタイプがあるらしい。

ソフィアが渡されたのは、優しそうな笑顔のモサモフだった。

「それは『優しいけどやるときはやる』タイプだね。かなりレアなモサモフだよ」

レアなタイプもあるらしい。

ミントが渡されたのは、太い枝を葉巻のように咥《くわ》えたモサモフだった。

「『ハードボイルド』タイプだね。モサモフバトルで評価の高いモサモフだよ」

クリュートが渡されたのは、いまいち特徴がわかりにくいモサモフだった。

「それは『一見キザだけどお人よしでヘタレ』タイプなモサモフだ」

「なんで僕のだけマイナス要素多いんですか！　交換してくださいよ！」

クリュートは抗議の声をあげたが、交換は受け付けてもらえなかった。

最後のエトワに渡されたのは、石の上で目を閉じてすやすやと寝ているモサモフだった。

「君のは『のんびりやさん』タイプだね」

『のんびりやさん』タイプのモサモフは、エトワの手におさまると、目を閉じたまま腕から肩を上《のぼ》っていき、最終的に頭のてっぺんまで登り詰め、そこですやすやと寝息を立て始めた。

「エトワさまのモサモフかわいいです」

それを見て、ソフィアが笑顔になった。

「これで君たちも野生のモサモフに襲われたり、モサモフバトルを挑まれても安心だ。さあ、行きたまえ！　伝説のビッグモサモフを捕まえし者、モサモフマスターになるために！」

「ありがとうございました。それでは～」

勝手に目的が追加されようとしたので、エトワは素早く研究所の小屋を去った。

小屋を出たあと、クリュートがブスっとした表情で言った。

「まったく無駄な時間を取らされたもんです。それにしても野生のモサモフが襲ってくるってのはともかく、モサモフバトルってなんなんですかね」

「うーん、私たちみたいにモサモフを連れてる人が勝負を挑んでくるとか」

「ははは、そんなことやる人いるわけないじゃないですか」

クリュートはエトワを馬鹿にするように笑った。しかし、彼の足が森の大地を踏みしめた瞬間。

「おい、お前たちモサモフを連れてるな！　モサモフバトルで勝負だ！」

「いたねー」

いた。


エトワたちの前に現れたのは、同じ年ぐらいの少年だった。

その肩には、エトワたちと同じようにモサモフがのっかっている。

「あのーモサモフバトルってなんですか」

中身は想像がつくものの、一応、尋ねてみた。

すると、少年は嬉しそうに笑う。

「ふっふっふ、狙い通り、まだ始めたばかりのようだな。いいぜ、教えてやる。モサモフバトルっていうのは、お互いのモサモフを戦わせて、勝ったやつが勝利するという、正々堂々男らしいバトルだ！」

（勝ったやつが勝利するって当たり前では？）

エトワは少年の表現に若干の疑問を覚えながらも。

（正々堂々男らしいって言ってるけど、これ初心者狩りだよねえ）

と意気揚々《いきようよう》、勝負を挑んでくる少年の狙いを見破った。

「よし、そこの背の小さいお前、勝負だ！」

モサモフの持ち主の身長が勝負に関係あるのかはわからないけれど、若干後ろ向きな理由で対戦相手を選んだ少年は、犬歯の生えたモサモフを繰り出してくる。

「俺のは『いたずらっ子でアホの子』タイプのモサモフだ」

「むっ……」

背が小さいと言われ、ちょっと機嫌を損《そこ》ねたらしいミントも、無言でモサモフを繰り出した。

「俺のモサモフは鍛えてるから、初心者のお前たちに勝ち目はねーぜ！　行け、モサモフ！　『転がる』だ！」

もう初心者狩りであることを隠さない少年は、モサモフに命令する。ころころと転がるモサモフは、ミントのモサモフに近づいていき——

そのまま、ミントのモサモフの体を捻《ひね》った一撃に吹き飛ばされた。

「く、くそ！　まさか、『ハードボイルド』タイプのモサモフだなんて……！」

どうやら博士の言う通り、戦いには定評があるモサモフだったらしい。経験の差を覆《くつが》して、あっさりと勝ってしまった。

「ちくしょう！　ならそこのかわいい女の子！　君になら勝てるはず！　勝負だ！」

男らしい勝負と言っていたのに、女の子を狙うようになってしまった。

「私ですか？　あまりモサモフに戦わせるのは気が進まないんですけど」

指名されたソフィアはあまり乗り気ではなかったようだけど、ソフィアのモサモフはぴょんと飛んで戦いのフィールドに降り立った。

「よし、今度は『回転アタック』だ！」

『転がる』との相違は、縦回転か横回転だった。少年のモサモフは、くるくるとコマみたいに回りながら、ソフィアのモサモフに近づいていく。

するると、ソフィアのモサモフに急に羽が生えた。

「なっ、と、飛んだ⁉」

空高く飛び上がったソフィアのモサモフは、回転するモサモフの台風の目のような中心に見事な飛び蹴りをかました。足はないけど、人間の部位でいうと、だいたいそんな感じの攻撃だった。

弱点だったのかはわからないが、その一撃で見事、少年のモサモフを打ち倒す。

「まさか……飛べるなんて……。かなりレアなタイプなのか……？　くそ、ならお前でいい、とにかく勝負だ！」

登場から怒涛の二連敗を遂げたモサモフトレーナーの少年は、やけくそ気味にリンクスに勝負を挑む。

「えっと、これでいいのか？」

リンクスは戸惑いながらも、モサモフを優しく地面に下ろした。

「ふっ、どうやらそいつは普通のモサモフみたいだな！　前も戦ったことあるぜ！　僅差で負けたけど……。でも鍛えた今なら勝てるはず！　行け、最終奥義《おうぎ》『突進』だ！」

最終奥義《おうぎ》にしてシンプルな技にたどり着いた少年のモサモフは、もふもふと突っ込んでくる。

「これ……どうしたらいいんだ？」

いまいちルールが掴《つか》めていないリンクスは、うまくモサモフに指示ができない。リンクスのモサモフもじっと、相手が突進してくる先に立ったままだ。このまま万事休すかと思われた。

「ははは、ようやく勝ったな！」

少年が勝利を口にした瞬間。

リンクスのモサモフが口を開け、炎のブレスを放った。

容赦なく燃え上がる少年のモサモフ。

「ほ、炎を吐いただとぉおおおお!?」

「お、おい大丈夫か？」

リンクスもエトワも一瞬、心配したが、炎はすぐ消えて毛を黒く焦がしたモサモフが姿を現した。

「精霊だからなんとかなりそうだけど、どうなんだろう……」

「ケホッ……もふっ……」

外見は変わり果ててしまったが、咳《せ》き込みながらももふもふしてるので、どうやら大丈夫そうだ。みんなはホッとする。

しかし、戦意についてはそうではなかったらしい。

黒焦げになったモサモフは、少年のほうを見ると、無理無理と首を振り、森の中へと帰っていってしまった。

少年はがくりと膝《ひざ》をつく。

「俺の負けだ……」

勝ってしまった。


それから、何人かのモサモフトレーナーや野生のモサモフに襲われたけど、ミントのモサモフの単純な打撃や、ソフィアのモサモフの飛行能力、リンクスの炎攻撃で撃退しながら、エトワたちは森の中を進んでいった。

「なんで僕のだけ、何もできないいんですかね……」

唯一、活躍してない自分のモサモフにクリュートは不満顔だったけど。

そうこうしている間に、目的のキャンプ地にたどり着いた。魔物除《よ》けがしてある場所なので、中に野生のモサモフたちは入ってこられないが、外にはうろうろしている。

エトワが卵焼きのバスケットを開くと、わらわらと集まってくる。

卵焼きを投げてあげると、もさもさと食べ始めた。

「この前はありがとうねえ～」

エトワは美味《おい》しそうに卵焼きを食べるモサモフたちの前にしゃがんでお礼を言った。

エトワとポムチョム小学校の子供たちを助けてくれた個体は、森に散ってしまったから、もういないのかもしれない。でも、その子にお礼をするつもりでエトワは語りかけた。

卵焼きをもさもさ食べるモサモフたちを見ていたら、自分たちもお腹が減ってきたので、魔物除《よ》けの中でお弁当や買ってきた屋台の食べ物を開けた。

「はあ、今日は無駄に面倒ごとに巻き込まれて疲れましたよ……」

クリュートはやれやれと首を振った。

「それにしても、いつの間にこんな遊び流行《はや》ったんでしょうね」

食べ物を自分のモサモフとはんぶんこして食べていたソフィアが首をかしげる。少なくとも貴族周辺ではこんな遊びは聞いたことがない。

「最近だろうねえ。男の子たちこういうの好きだから」

エトワは元の世界の、カブトムシを捕まえて戦わせるみたいなノリだろうと得心していた。

「俺はあんまり得意じゃないな。何かに命令して戦わせるのは……」

直接体を動かすのが好きなリンクスは、苦手分野らしい。

「でも、大活躍だったね。リンクスくんとモサモフ！　かっこよかったよ！」

確かに本人の言う通り指示などはぎこちなかったけれど、リンクスのモサモフは炎のブレスでモサモフバトルに旋風を巻き起こしていた。

「べ、別にそれは、こいつががんばっただけだ」

急に褒《ほ》められ、顔を赤くしたリンクスは、そう言って膝《ひざ》の上で一緒に弁当を食べてるモサモフを撫《な》でてあげた。

「まあ平民の子供が好きそうな野蛮な遊びですよね。僕はこんな遊びどうでもいいです。これ以上、変な騒動に巻き込まれないことを願うばかりですよ」

自分のモサモフが活躍しないことに若干の不満を滲《にじ》ませてそう言うクリュートに、エトワは思う。

（なんでクリュートくんて、こんなにフラグが立つような言葉を選ぶの得意なんだろう……）

案の定、というか、エトワたちの背後でドンと大きな音がした。振り返ると、森が鳴動して、茂みの奥から何かが姿を現そうとしていた。

「な、なんですか、こいつ！」

現れたのは一匹のモサモフだった。しかし、その大きさは普通のモサモフの十倍程度あり、毛が薄黒くびしゃびしゃに濡れていて、周りの空気はじめっとしていた。

巨大で、雨でずぶ濡れになった犬みたいになっている、そんなモサモフだった。

「そいつは、ダークモサモフだ！」

「モサモフ博士!?　ついてきてたんですか？」

謎のモサモフ出現と同時に、モサモフ博士までついてきていたことが判明してしまった。

「この前のウォーターエレメント暴走の魔力が残っていた水溜り。そこでこけて、びしょびしょになり機嫌を損《そこ》ね、悪い魔力まで吸収してしまったのがダークモサモフだ！　ダークモサモフになってしまうと、周りのモサモフにいじわるしたり、モサモフたちのコミュニティに悪影響を与えてしまう」

博士の言葉通り、ダークモサモフは、わざと他のモサモフに襲いかかって、卵焼きを奪ったりし始めた。

「それに魔物除《よ》けも効かなくなってしまうんだ」

他のモサモフの卵焼きを奪い尽くしたダークモサモフは、エトワの足元に置かれた、卵焼きのまだ残ってるバスケットに気づき、近づいてきた。

その体は大人の身長ほどの高さがある。結構、洒落にならない。

「追い返せ、モサモフ」

リンクスの指示で、彼のモサモフが火を吹いた。

しかし、水をびっちゃりと含んでいたダークモサモフの毛は、それを火をあっさり消してしまう。

「とりあえず、どいておこうかねえ」

危なそうなので、エトワは卵焼きのバスケットから離れた。そのとき、頭に重みがなくなっていることに気づく。

「あれ？」

ずっと頭の上で寝ていた『のんびりや』のモサモフが、いつの間にかバスケットのちょっと前に居場所を変えてすやすやと寝ていた。

タイミングの悪いことに、リンクスのモサモフに火を吐きかけられたダークモサモフは、ダメージこそ少なかったものの、怒って卵焼きのバスケットに突撃してくる。

「ああ、エトワさまのモサモフが危ないです！」

ソフィアのモサモフが慌てて、空中から攻撃するけど、巨体に弾《はじ》き返されただけだった。

「むっ……行け……！」

ミントの『ハードボイルド』のモサモフが、正面からダークモサモフを掴《つか》んで引き止めようとするけど、体重差でそのまま引きずられてしまう。

このままでは、ダークモサモフにエトワのモサモフが潰されてしまうと思ったとき。

その前に、一匹のモサモフが立ちふさがった。

クリュートの、『一見キザだけどお人よしでヘタレ』なモサモフだった。

「おい、無理だ！　怪我するぞ！」

クリュートのモサモフは、今日のモサモフバトルでも負けてばかりだった。

なんだかんだ、自分のモサモフのことを心配するクリュート。このままエトワのモサモフと一緒にやられてしまうかと思われた瞬間。

ダークモサモフの体が吹っ飛んだ。

「これは……!?」

そのまま五メートルほど吹っ飛ばされたダークモサモフは、地面に倒れて気絶してしまった。

「お、お前がやったのか……？　ふん、やるじゃないか」

クリュートは嬉しそうに、自分のモサモフに駆け寄り頭を撫《な》でてやる。

けれどエトワの心眼にだけは見えていた。クリュートのモサモフが潰されそうになった瞬間、『のんびりや』のモサモフの目が開き、凄《すさ》まじい速さで動いて、ダークモサモフを吹っ飛ばしてしまったことを。

見ると、エトワのモサモフは再び目を閉じ、すやすやと寝息を立てている。

嬉しそうなクリュートの姿を見て、エトワはこのことは言わなくていいかなって思った。

気絶したダークモサモフの体から、黒い光が抜けていく。そしてびしょびしょだった毛が、さらさらと乾いていった。

「こ、これは、ダークモサモフが浄化されていく……！」

その光景を見て、モサモフ博士が驚きの声をあげた。

光が消えたあと、そこに残ったのは、サイズはそのままの、毛が乾いたモサモフだった。大人しくなったようで、エトワたちのそばにやってきてもふもふとしている。

「これは、百年に一度生まれるという伝説のビッグモサモフだね。まさかダークモサモフの正体こそが、伝説のモサモフだったとは、このモサモフ博士も見落としていたよ。伝説のモサモフを見つけて仲間にした君たち、君たちこそがモサモフマスターだ」

「いえ、そういうのいらないので～」

モサモフへのお礼のためのお出かけに、余計な要素をどんどん追加しようとするモサモフ博士に、エトワはお断りの言葉を放った。

そんなことがあり、夕方になって、家に帰ってきたエトワたち。その背後には、大量のモサモフがついてきていた。卵焼き目的についてきてしまったのである。

もちろん、あの巨大なビッグモサモフもいる。

「ダメですよ。うちはただでさえミントさまが連れてくる魔獣で手一杯なんですから。連れてこられても飼いきれません！　特にそんな大きいのは無理です！」

「ですよねー」

エトワたちは魔法を使って博士のとこに戻り、全部のモサモフをご返却したのだった。

ISBN978-4-434-30004-2
B6判 定価:748円(10%税込)

新感覚ファンタジー

RB レジーナ文庫

ルール無用の痛快転生ファンタジー!!

レジーナブックス Regina

転生しました、脳筋聖女です 1

香月 航　イラスト：わか

定価：704円（10%税込）

アクション系乙女ゲームの世界に転生したアンジェラ。けれど二人いる主人公のうち、前世で使った女騎士ではなく、聖女のほうになってしまった!!　武器で戦えないんじゃつまらないと考えた脳筋な彼女は、日々、魔法の勉強と筋トレに励むことに。やがて世界に危機が訪れ、アンジェラは立ち上がった！

詳しくは公式サイトにてご確認ください

https://www.regina-books.com/

携帯サイトはこちらから！

新感覚ファンタジー
RB レジーナ文庫

チート爆発異世界道中スタート!!

レジーナブックス Regina

転移先は薬師が少ない世界でした 1～2

饕餮　イラスト：藻

定価：704円（10%税込）

神様のミスのせいで、異世界に転移してしまった優衣。しかも、もう日本には帰れないらしい……仕方なくこの世界で生きることを決めて、神様におすすめされた薬師になった優衣は、あらゆる薬師のスキルを覚えて、いざ地上へ！　心穏やかに暮らせる定住先を求めて、旅を始めたのだけれど――!?

詳しくは公式サイトにてご確認ください

https://www.regina-books.com/

携帯サイトはこちらから！

本書は、2018年5月当社より単行本として刊行されたものに書き下ろしを加えて文庫化したものです。


この作品に対する皆様のご意見・ご感想をお待ちしております。

おハガキ・お手紙は以下の宛先にお送りください。

【宛先】

〒150-6008 東京都渋谷区恵比寿4-20-3 恵比寿ｶﾞｰﾃﾞﾝﾌﾟﾚｲｽﾀﾜｰ 8F
（株）アルファポリス　書籍感想係

メールフォームでのご意見・ご感想は右のＱＲコードから、
あるいは以下のワードで検索をかけてください。

アルファポリス　書籍の感想　検索

ご感想はこちらから

レジーナ文庫

公爵家《こうしゃくけ》に生《う》まれて初日《しょにち》に跡継《あとつ》ぎ失格《しっかく》の烙印《らくいん》を
押《お》されましたが今日《きょう》も元気《げんき》に生《い》きてます！ 1

小択出新都《おたくでにーと》

2022年3月20日初版発行

文庫編集－斧木悠子・森順子
編集長－倉持真理
発行者－梶本雄介
発行所－株式会社アルファポリス
〒150-6008 東京都渋谷区恵比寿4-20-3 恵比寿ｶﾞｰﾃﾞﾝﾌﾟﾚｲｽﾀﾜｰ8階
TEL 03-6277-1601（営業）　03-6277-1602（編集）
URL https://www.alphapolis.co.jp/
発売元－株式会社星雲社（共同出版社・流通責任出版社）
〒112-0005 東京都文京区水道1-3-30
TEL 03-3868-3275
装丁・本文イラスト－珠梨やすゆき
装丁デザイン－AFTERGLOW
（レーベルフォーマットデザイン－ansyyqdesign）
印刷－中央精版印刷株式会社

価格はカバーに表示されてあります。

落丁乱丁の場合はアルファポリスまでご連絡ください。

送料は小社負担でお取り替えします。


ISBN978-4-434-30064-6 C0193